성종화 수필집

늦깎이가 주운 이삭들

국립중앙도서관 출판시도서목록(CIP)

늦깎이가 주운 이삭들 : 성종화 수필집 / 지은이 : 성종화. -- 서울
: 한누리미디어, 2008
    p. ;   cm

ISBN 978-89-7969-331-7 03810 : ₩10000

한국 현대 수필〔韓國現代隨筆〕

814.6-KDC4
895.745-DDC21   CIP2008003079

성종화 수필집

늦깎이가 주운 이삭들

한누리미디어

8

　누구에게나 그 살아온 지난날의 흔적은 있는 법이다. 많은 사람들은 그 흔적을 혼자 가슴에 담고 조용히 살다가 가는가 하면, 글로 표현하고 책으로 엮어서 남기는 일까지 하려는 사람도 있다. 그게 글 쓰는 일을 업(業)으로 하거나, 사표(師表)가 될 만한 업적을 이룬 사람이라면 몰라도 그렇지 아니 한 시정(市井)의 한 평범한 소시민이 이 일을 하려고 생각하는 것은 처음부터 가당찮은 짓이고, 부질없는 노고를 하는 것 아닌가 하는 생각도 든다.

　내가 여기다 모은 글들은 내 신상의 잡문이지, 문학의 한 장르인 수필로서의 격을 갖춘 글이 될 수 없다는 생각을 한다. 그래도 우리들 누구나가 자기 분야에서 살아가며 느끼고 생각하게 되었던 일들을 비록 다듬어지지 아니 한 글이지만 진솔하게 표현하고 숨김없는 자기 고백을 하였다는 점에서는 나 또한 공감을 얻고 싶다는 욕심을 일부러 숨기고 싶지는 않는 바다.

　내가 살아온 길을 뒤돌아보면 처음 시작을 하면서 제대로 갖춘 바른 출발을 못했기 때문에 우여곡절의 굴절된 생애를 살아왔다고 생각한다. 한 곳에 오래 머물지도 못하였고 그 머무른 분야에서조차 최선을 다하지도 못하였다는 자기 고백을 하여야 할 것 같다. 그리고 살아오는 동안 좀 분수에 넘친다 싶은 욕심도 부려 볼 법도 한 일이지만 처음부터 그럴 개재도 못되는 인간이었다는 자기 성찰(省察)도 해 두고자 한다.

나는 소년시절 시(詩)를 좋아하였다. 문학 소년의 꿈을 평생 버리지 못하고 살아왔다. 그 꿈은 무지개와 같은 내게는 손에 잡히지 않는 한갓 소망이었을 뿐이었다. 신 서정 문학지인 '시와 수필사'가 그런 나에게 글을 쓰도록 계기를 마련해 주어서 지나간 삶의 흔적을 수필이라는 형상의 틀에 넣어 쓰게 되었다.

살아오면서 내가 만난 사람들은 내게 따뜻한 기억을 남겨주고 갔다. 그 사람들은 내게 아픈 기억을 남기지 아니 하였다. 그래서 나는 이 이야기들을 엮어서 책을 만들어 볼 생각을 하게 된 것이다. 이 이야기들이 세상에 나가 읽혀지면서 사람 사람마다의 가슴에 가 닿아질 수 있다면 다행이 아닐까 하는 공연한 욕심도 가져 본다. 이 책은 내 사랑하는 아이들에게도 한 인간으로서의 아버지의 진면목을 알게 해 주고 내가 간 후에 오래 아버지를 기억하는 표지돌이 되어지기를 바란다.

이 글이 엮어져 나오기까지 마음 써 준 내 진주중·고교 동창으로 문학평론가이며 수필가인 청다(靑多) 이유식님과 바쁜 시간 중에 좋은 비평을 해 주신 수필 평론가 한상렬님에게 심심한 감사를 드린다. 그리고 어려운 여건에도 불구하고 흔쾌히 출판을 맡아주신 한누리미디어 대표 김재엽님에게도 감사를 드린다.

2008년 가을이 오는 길목에서
저자 글 쓰다

9

머리글 · 8

제 **1** 부

살며 생각하며

연착륙의 지혜

제2부

II

제**3**부 여인들

12

따뜻한 이야기들 제4부

13

제1부 _ 살며 생각하며

| 심안(心眼)을 열어서 |

　눈은 마음의 창(窓)이다. 눈은 마음의 거울이다. 어머니의 가슴에서 젖을 먹고 있는 어린 아이의 눈은 맑고 깨끗하여 호수와 같다. 그 눈으로 보는 세상은 아름답고 때 묻지 아니 하였을 것이다. 그 맑고 깨끗한 눈도 성장하는 과정에서 보아서는 안 될 나쁜 일을 보게 되면서 어머니의 젖가슴에 안겨 있을 때의 그 맑고 깨끗한 눈은 어느 사이에 혼탁해지고, 처음 타고난 눈빛을 점점 잃어가게 될 것이다.

　눈은 사물(事物)을 관찰한다. 눈이 관찰한 사물은 가슴에 담아두게 된다. 일생을 살아가면서 좋은 사물만을 접할 수는 없는 법이다. 그래서 가슴에 담을 것과 버릴 것을 선별하여야 한다.

　나쁜 사물이 걸러짐 없이 가슴에 그대로 담긴 사람의 눈에는 그 사물들이 그 눈빛에 그대로 나타나게 된다. 눈은 우리의 인체 중에서 가장 민감한 기능을 가진 부위다. 거짓이 없다. 성인이 되어서도 눈이 맑은 사람을 대하게 되면 그 사람은 반드시 때가 묻지 아니 하고 깨끗하고 아름다운 심성(心性)을 지닌 사람임이 틀림없을 것이다. 눈이 충혈(充血)되거나, 상대편을 불유쾌하게 하는 눈빛을 띤 사람도 있다. 심성이 그렇지 못한 사람일 것이다.

나는 지난날 범죄 수사업무에 종사한 일이 있다. 범죄인이 사실을 부인하거나 거짓 진술을 할 때에 나는 그 사람의 눈을 먼저 보았다. 조사하는 나를 똑 바로 보라고 하면 내 눈과 마주치지 않으려고 대개의 경우 눈을 아래로 내리깔거나 피해 버린다. 나는 그렇게 하는 그 눈에서 그가 떳떳하다면 결코 그렇게 하지 않을 것이라는 생각을 하게 했다.

성직자의 맑고 깨끗한 눈을 생각해 본다. 현실의 사물을 관찰하여 맑고 깨끗한 영상만을 가슴에 담은 사람들이다. 그런 성직자의 눈은 세상의 잡다한 티가 끼어들 수가 결코 없을 것이다. 영혼이 깨끗한 사람들이다.

눈뜬 봉사라는 말이 있다. 지금은 그런 인구가 없지만 50년 전쯤 내가 군대에 입대할 때만 해도 한글 해득이 안 되는 문맹자(文盲者)가 있었다. 군에 입대하는 장정(壯丁) 중에 문맹자가 있을 정도였으니, 당시의 국민 전체 인구 중에는 문맹자가 상당히 많았을 것이라고 생각된다. 그런 문맹자를 지칭하여 '눈뜬 봉사' 라고도 했다. 「낫 놓고 기역(ㄱ)자도 모른다」는 말로서 인구(人口)에 회자(膾炙)되기도 했다. 말하자면 '낫' 의 생김새가 'ㄱ'자 꼴인데도 그 '낫' 을 보고도 'ㄱ'자를 모른다는 의미다.

그 눈뜬 봉사보다도 앞을 못 보는 더 불행한 사람이 세상에는 얼마든지 있다. 실제로 시각장애인으로 현실적으로 앞을 못 보는 사람을 두고 말하는 것이 아니다. 사람은 누구나 나이 들어가면서 자기대로의 각자의 인격을 갖게 된다. 그 인격은 세상을 바라보는 그 나름의 마음의 눈이 열리면서 그 눈으로 보고, 생각하고, 행동하는 과정에서 자기화(自己化) 된 인격으로 형성되는 것이다.

마음의 눈이 열리지 아니 하면 아집(我執)은 그를 놓아주지를 아니 할 뿐 아니라, 옹색해진 그 자신을 점점 내면으로 조여서, 결국은 그를 인격적으로 질식시키는 결과를 가져올 것이다.

내가 아는 분의 이야기다. 두뇌도 명석하고 일에 대한 집념도 대단한 성격이다. 매사를 자신의 사고의 척도에 맞추어 상대를 관찰한다. 그런 자세에서의 대인 관계는 원만하기가 어려울 수밖에 없다. 사람은 성격이나 능력이나 사고가 일률적으로 같은 표준의 척도로 측정할 수는 결코 없는 법이다. 상대를 이해하기 위하여서는 우선 나를 버리고 내가 살아오면서 경험하였던 여러 가지 경우의 사실들을 판단의 기준으로 하여야 한다고 생각한다.

마음의 눈이 열려야 가능한 이야기다. 이 마음의 눈은 실제의 눈으로 관찰할 수 있는 실물보다 이해와 포용으로써 상대편의 가슴을 열게 하는 문이다. 그 마음의 문은 마음의 눈을 뜨게 되면서 비로소 가능할 것이라고 생각한다. 열린 마음의 눈은 인생을 달관(達觀)된 경지에 이르게 한다. 마음에 평온을 가져다준다. 그 평온은 다른 사람을 이해하고 받아드릴 뿐 아니라 자기 자신을 넓은 평화의 요람(搖籃)으로 인도한다. 가슴이 따뜻한 사람을 만든다.

마음의 눈을 뜨고 마음의 문이 열려 있는 사람이라면 비록 그가 현실적으로는 사물을 관찰할 수 없는 앞을 못 보는 시각장애인일지라도 그는 결코 시각장애인이 아니다. 오히려 마음의 눈을 뜨지 못한 사람을 눈을 뜨고도 사물을 못 보는 사람이라고 해야 할 것이다. 우리 주변에는 얼마나 많은 그런 시각 장애인이 있는지 모를 일이다.

| 남새밭 길에서 |

도시 생활을 하면서 남새밭 길을 매일 아침 저녁으로 걸어서 출퇴근을 할 수 있다는 것은 축복 받을 일이다. 법원을 따라 이곳 거제동으로 내 사무실을 옮겨 온 지도 어언 5년의 세월이 지났다. 나는 지하철을 이용하여 출퇴근을 하고 있다.

K대역에 내려서 지하도 계단을 건너 맞은편 보도를 따라 걸으면, 동해남부선 철길을 만난다. 그 철길을 끼고 허름한 공장 뒤편을 돌면, 약간 비탈진 언덕으로 올라선다.

왼편으로는 철길이 눈 아래로 지나가고, 바른편은 블록과 슬레이트 지붕 깨어진 조각들로 층계를 쌓아 만든 남새밭이 나온다. 언제인지는 모르지만 이곳에 판잣집들이 철거되고 그 자리에 남새밭이 만들어진 것 같다.

남새밭에는 계절 따라 여러 가지의 남새들이 잘 가꾸어지고 있었다. 그 남새밭을 지나면 조그마한 유치원이 있고, 무인 철길 횡단로를 건너 남문구 간이역 구내로 들어선다.

도시 안의 시골 간이역을 연상케 하는 역 플랫폼을 지나면 내가 다니는 사무실로 연결되는 도로와 만나게 된다.

시원하게 뚫린 철길도 출근길의 나를 기분 좋게 하지만, 그보다 아침 이슬을 머금고 있는 남새밭 길이 참 좋다. 양지가 되어 겨울철에도 겨울초, 봄동배추, 시금치 등이 심어져 있다. 날씨가 따뜻해져 오자 남새들이 한결 생기가 돋아나는 것 같다. 도시생활에서는 좀처럼 보기 드문 정경이다.

회색 시멘트와 아스팔트뿐인 환경에서 생활하는 황폐된 나의 가슴을 한결 여유롭게 해 준다.

이른 봄 구미를 돋우는 상치와 쑥갓은 봄비가 한 번씩 온 뒤에는 눈에 보일 정도로 쑥쑥 자라고, 얼만큼 자랐다 싶으면 언제나 예의 그 사내가 밭골에 앉아 시장에 내다팔려고 볼박스에 가지런히 남새를 솎아서 담는다.

어떤 때는 그 사내가 밭골에 걸터앉아서 흙을 부드럽게 다듬고 있는 것을 보기도 한다. 검정색 작업복을 입은 30대 후반쯤으로 보이는 몸이 좀 가냘픈 듯한 사내다.

어느 날 내가 시내에 나갔다가 남새밭 길을 지나오는데, 저만치 맞은편에서 그 사내가 걸어오고 있었다.

그런데 그 사내의 한 손에 시각 장애인용 지팡이가 쥐어져 있는 것이 아닌가!

아! 이 밭에서 남새를 가꾸는 저 사내가 앞을 못 보는 시각 장애인이었구나!

사내는 천천히 지팡이 끝으로 위치를 가늠하면서 정확히 자기가 일하려고 마음먹는 남새밭 골쪽으로 들어선다.

그러고 보니 나는 여태까지 그 사내가 남새밭에서 서서 일하는 것을 본 적이 없다. 앞을 못 보니까 항상 앉아서 앉은 발걸음으로 위치와 거리를 가늠하면서, 김을 매고 남새를 가꾸는 일을 한 것이었구나 싶다. 그 뒤로 나는 그 사내를 예사로 보고 지나칠 수가 없었다. 절기에 맞추어 씨앗을 심고, 김을 매고, 가꾸는 그 정성이 나를 감동케 했다. 앞을 못 보면서 눈 뜬 사람의 밥상에 오를 채소를 가꾸기 위하여 흙을 다듬고 씨앗을 심어서 그 씨앗을 눈뜨게 하는구나!

오늘 아침 출근길은 지난 밤 내린 비를 맞고 꽃이 한창이다 싶던 완두콩 잎들이 싱싱하게 윤이 나고, 어느 사이 탐스러운 완두콩 깍지가 주렁주렁 열리기 시작했다.

지금 남새밭에는 고추 모종 옮겨 심은 것이 비를 맞아서 싱싱하게 고개를 들고 있다.

지난 해에는 안 심었던 감자가 잘 자라서 꽃이 핀 놈도 있다. 그 사내가 앞을 볼 수 있었다면 뿌리가 튼실하게 들도록 감자 꽃을 따주어야 하는 것인데 그러지를 못하는구나.

그 사내가 가꾸는 이 남새밭에는 여러 가지의 남새들이 이 여름 무성히 자랄 것이다. 가을이 되면 밭골 위쪽 둔덕에는 호박 넝쿨이 뻗어 나가면서 누런 호박도 자리를 잡을 것이다.

사람들은 눈 뜨고도 코를 베어 먹히는 세상이라는 말들을 한다. 그만큼 사람들이 영악스러워져서 그 눈으로 바르게 사는 길을 찾아가는 것이 아니고, 틈만 있으면 상대편의 약점을 캐어내고, 자기 이익을 위해서는 어떤 몹쓸 짓이라도 서슴없이 하는 것이 지금의 세상 살아가는 실상이다.

내가 생각하기로는 남새가 비를 맞고 햇볕을 받으면서 가꾸는 사람의 눈을 속이지 않고 정직하게 자라듯이, 그 사내는 앞을 볼 수가 없으니까 시장에 내다 팔려고 위에다가 좋은 것만을 골라서 얹고 아래쪽은 좀 못한 것을 넣어 남의 눈을 속이는 일은 할 수가 없을 것이다. 앞을 못 보는 그 사내가 내다 판 채소를 먹는 사람들에게 가꾸는 사람의 그 마음이 전해졌으면 하는 바람을 이 아침에 해 본다.

나는 지금까지 내가 눈을 뜨고 살아오면서도 바르게 살아가는 길을 그 사내에게서 비로소 배우게 되는가 싶다.

| 가덕도 앞바다 |

　모처럼 아내와 배편을 이용하여 충무를 다녀오기로 했다. 충무에서 여수까지를 그 배편으로 한려수도를 따라 남해안의 바닷길 절경을 구경하는 계획까지를 세워보았다. 충무는 아내의 어릴 때 자란 고향이고, 내게는 삼십대 후반에서 사십대에 드는 3년 동안 직장 생활을 한 곳이기도 하다.

　배편을 알아보았더니 벌써 오래 전에 충무로 가는 항로의 배편이 없어졌다는 것이다. 가덕도를 중심으로 한 부산 신항만 건설과 거가대교 공사가 원인이었던 모양이구나 하는 생각을 했다.

　그보다 육로 교통이 편리해지면서 이용객이 줄어들어 채산이 안 맞아서가 더 큰 이유가 아니었을까 싶다. 우선 나부터 근간에 충무를 간혹 다녀오기는 해도 육로로 승용차나 시외버스를 이용하여 왔다. 배편이 그대로 있는 줄만 알았던 우리 내외는 그만 실소를 하고 말았다.

삼십년 전 쯤의 이야기가 된다. 주말이었다. 그날 우리들은 가족이 있는 부산으로 나가기 위하여 충무항 엔젤호 터미널에 모여들었다. 모두들 한 주일동안 입었던 세탁할 헌 옷가지가 든 작은 손가방 하나씩을 든 차림이다. 대개가 이곳 충무에서 가족과 떨어져서 직장 생활을 해 오는 외지 사람들이다. 우리는 오랫동안 배편을 이용하여 주말마다 부산을 내왕하다 보니 날씨와 바닷길 사정을 경험으로 어느 정도는 알게 되었다. 바닷길이 험하다 싶으면 그런 날은 좀 불편하고 시간이 많이 걸려도 육로를 이용했다.

그날은 오후에 날씨가 약간 음산하고 바람기가 있었다. 배를 기다리면서 연안 여객터미널에서 항내를 바라보니, 외항 쪽에서 밀려오는 파도가 높고, 파도의 끝 물결에 희끗희끗한 포말이 일고 있었다. 마치 가을 들판에 억새풀 꽃이 바람에 휘날리고 있는 모양새다. 파도가 예사롭지 않을 징후의 날씨다. 혼자였다면 나는 육로로 부산으로 왔을 것이다.

중우(衆愚)라는 말이 있다. 그날 나는 내 의사와는 무관하게 그 여러 사람의 행동에 따르게 되었다. 우리들 일행 중에는 법원의 지원장인 S판사, 검찰지청의 K검사도 있었다. 우리들은 모두 엔젤호에 승선하였다.

배가 내항을 벗어나자 바로 밀려오기 시작하는 파도는 어느 사이에 배가 회항할 수 없도록 높아졌다. 이렇게 되면 엔젤호의 포일(배를 바다 면으로부터 뜨게 하는 장치)을 작동할 수가 없다. 우리가 탄 엔젤호는 파도를 따라 계속 항해를 하면서, 마치 나뭇잎이 망망대해에 떠 있는 형상이 되어 버렸다.

그 때 안내선원이 선체내의 유리 창문을 모두 단단히 시정을 하였다. 나는 순간 불길한 생각이 얼핏 머리를 스치고 지나갔다. 필시

24

사고가 났을 경우를 대비하여, 시신(屍身)이라도 온전히 보전되도록 조치를 하는구나 하는 생각을 하게 된 것이다. 드디어 우리가 탄 엔젤호는 평소에도 파도가 높기로 유명한 가덕도 앞바다에 이르렀다.

이제 밀려오는 파도가 그야말로 산더미 같다. 금방이라도 내가 탄 배를 집어삼킬 듯이 덮쳐온다. 바로 그때다! 그 파도너머로 얼핏 돛단배 같기도 한 선체가 얼른 보이다가 내 시야에서 사라졌다. 순간 나는 어선이 한 척 파도에 침몰이 되고 있다고 생각했다. 잠시 후 내가 탄 배가 마치 그네를 타듯 붕 뜨면서 높은 파도 위로 떠올랐다. 그 때 아래쪽 파도와 파도 사이의 물 벽을 이룬 골짜기로 어선이 한 척 항해하고 있는 것이 눈에 들어왔다. 아! 조금 전에 보였던 바로 그 배다! 나는 순간 안도하면서 가슴을 쓸어 내렸다.

가덕도 등대가 바로 손에 잡힐 듯 가까운 거리에 있다. 우리가 탄 엔젤호가 드디어 낙동강 하구의 강물과 바닷물이 맞부딪치는 위치에 온 것이다. 선장이 배를 가덕도 해안 쪽으로 접안을 시켜 주었으면 하는 마음이 간절했다. 하지만 이런 파도 속에서 접안시설이 안 되어 있는 섬에 배를 접안시킨다는 것은 도저히 불가능한 일이다. 그래서 육지를 눈 앞에 두고 선박이 난파되는 경우가 바로 이런 상황에서가 아닌가 싶다.

여기는 원래 평소에도 바다의 물살이 빠르고 파도가 높은 곳이다. 옛날부터 부산과 충무항을 내왕하는 선박들이 가끔 난파되는 곳이 바로 이 위치로 알고 있다. 오래된 일이기는 하지만 어느 해 음력 그믐쯤 설 대목을 앞두고 장사꾼들의 화물을 가득 실은 창경호(?)가 이곳에서 난파되어 수백 명의 인명이 희생된 일이 있었다.

이때 조용한 음악이 들려 왔다. 음률은 듣는 사람의 마음을 한결 부드럽고 평온하게 해 주었다. 지금 저 잔잔하면서 마치 물결처럼 흐느끼듯 선실 바닥을 흐르고 있는 감미로운 음률을 들으면서, 나는 이런 순간 음악이 사람들의 불안한 마음을 한없이 평온하게 해 준다는 생각을 하게 되었다. 그 시간 선내의 모든 사람들은 대화가 없는 항해를 하였다. 어려운 상황에서는 사람들은 눈앞의 현실을 바로 보지를 못하는 것 같았다. 대개 눈을 감고 있거나 담배(그 당시는 선내에서 흡연이 허용되었음)를 계속하여 태우고 있었다. 마치 죽음의 동굴을 지나기라도 하는 긴 시간이었다.

금방이라도 호흡이 멎을 것 같은 순간이었으며 육신은 심연(深淵)으로 가라앉는 것 같기도 하였다. 머리는 텅 비고 아내와 아이들의 얼굴과 눈망울이 내 앞에 가득 환상으로 다가왔다.

나는 그때 나와 엇비슷한 위치의 앞쪽 맞은편 창 아래 좌석에 나란히 앉아있는 노부부를 아까부터 계속 바라보고 있었다. 그 노부부를 뒤편에서 보기 때문에 그들이 눈을 감고 있는지, 어떤 표정들을 하고 있는지는 알 수가 없었다. 남자 분 노인은 한 팔로 부인의 어깨를 가만히 감싸고 조용히 마치 다가오고 있는 운명을 기다리기라도 하는 것 같다는 생각을 하게 했다.

그 모습은 그 후에도 오래도록 나의 뇌리에서 지워지지 않았다. 이 세상에 와서 한 생애를 같이 해로하고 같은 시간, 같은 공간에서 같이 돌아갈 수 있게 해 주는 신의 은총에 감사하는 그런 모습이 아니었나 하는 생각을 하게 하였던 것이다.

평소 같으면 가덕도 앞바다에서 낙동강 하구를 통과하는 데 불과 14~5분이 소요되는 거리다. 그날 우리가 탄 배는 무려 2시간을 파도에 떠밀리면서 멀리 대마도가 바라보이는 먼 바다를 돌아서 부산 내항으로 들어왔다. 그 2시간은 참으로 긴 시간이었다. 내가 지금까지 살아오면서 한 번도 경험하지 못했던 그렇게 길고도 지루한 시간이었다. 그리고 다시 태어난 기분으로 땅을 밟았다. 내 피와 영혼을 내 가족에게로 돌아가게 해 주는 고마운 땅을 밟은 것이다.

이번에 우리 내외가 배편을 이용하여 충무를 다녀오려고 마음먹게 된 이유도 그때의 그 노부부를 생각하고서였다. 이제 우리도 그때의 노부부의 나이가 다 되어 가는가 싶다. 그날 가덕도 앞바다의 삶과 죽음의 한 순간을 넘었던 기억을 회상하면서, 평생을 해로해 준 내 아내에게 따뜻하게 어깨라도 감싸주어야 하겠다는 생각을 해서였는데.

27

| 운봉산(雲峯山)에서 |

운봉산은 경남 양산시와 부산 기장군을 경계로 한 534미터 높이의 근교 산이다. 낙동 정맥의 한 구간인 양산시 남락 마을에서 천성산으로 이어지는 중간지점에 위치하고 있다. 법기리 수원지가 바로 눈 아래에 있고 주변의 올망졸망한 산봉우리 너머로 맑은 날은 남해안의 수평선 위로 대마도가 조망된다.

내가 소속되어 있는 운봉산악회가 이 산을 주산(主山)으로 삼고 해마다 산신제를 지내고 있다. 내가 이 산악회에 회원이 된 연유는 몇 해 전에 고인이 된 난곡(蘭谷) K형의 권유에 의해서였다. K형은 나와는 30대 초반부터 같은 직장에서 계속 20수년을 근무한 지기다. K형은 1970년경에 등산 동호인들을 모아 이 운봉산악회를 결성하였으므로 꽤 역사가 오래된 셈이다.

오늘이 운봉산악회의 1927회 산행일이다. 37회째의 운봉 산신제 행사가 거행되는 날이기도 하다. 준비한 제물을 진설하고 순서대로 회장이 초헌(初獻)을 하고 아헌(亞獻)은 이번에 히말라야 등정에 참가하는 K군과 H군에게 무사 귀환을 위하여 잔을 올리게 하였다. 종헌(終獻)은 종전 예대로 제일 연장자 차례라면서 나를 보고 올리라 한다. 오늘 산행에 참가한 일행 중에서 내가 제일 고령인 모양이다. 이 운봉산악회의 초창기 때만 해도 그 기라성같이 많았던 장년층의 악우(岳友)들이 어느 사이에 다 가고 내가 제일 고령자가 되다니! 나는 제전(祭典)에 잔을 올리면서 숙연한 감회에 잠기었다.

나는 지금 산으로 말하면 정상을 넘어서서 가파른 내리막길에 들어선 연령이다. 살아온 지난 생애를 돌아보면 10대 20대의 철없던 시절, 안간힘을 쓰면서 열심히 앞만 보고 내 달려온 30대 40대, 이제 지천명(知天命), 이순(耳順)의 나이를 넘기고, 고희(古稀)에 들었다.

이제는 어떻게 사는 것이 바르게 사는 길일까를 생각하게 하는 나이가 되었다. 이 나이가 되어서까지 하고 싶은 대로 다하면서 살아갈 수는 결코 없는 노릇이다. 옛말에 나이 들면 입은 닫고 쌈지(지갑)는 열라는 말이 있다.

얼마 안 되는 것 움켜쥐고 전전긍긍대는 것도 모양 사나운 일이다. 행여 어쩌다가 처신 한 번 잘못하면 지금껏 그 나름대로 살아온 인생의 탑이 일시에 무너질지도 모른다.

어차피 가야 하는 길이라면 편한 마음으로 허물 덜 남기고 갔으면 하는 소망도 가져 볼 일이다.

옛 시인이 "한평생을 시름 속에 사느라고, 밝은 달 보고 또 봐도 모자랐는데, 이제 오래 두고두고 보게 되었으니, 무덤 가는 이 길이 나쁘지만도 않구나"(一生愁中過 明月看不足 萬年長相對 此行未爲惡)라 하였다. 다 벗어 놓고 가는 길에 마음 평안을 얻을 수 있으면, 그 위에 더 좋은 일 있겠느냐는 의미가 아닌가 싶다. 옛 선인(先人)

들의 인생을 보는 달관을 부러워하게 한다.

　산도 오르기보다는 내리막길을 조심해야 한다. 방심하고 한 발자국이라도 헛디디면 미끄러지면서 낭패를 보게 된다. 뼈를 다치기가 십상이고, 이 나이에 뼈를 다치면 재생이 어렵다. 마치 인생이 이 나이에 잠간 처신을 잘못하여서 망신당하면 회복이 어려운 것과 무엇이 다르랴. 오늘 운봉산을 하산하면서 내 나름의 이런 저런 사념에 잠겨 보았다.

| 낙엽을 보면서 |

낙엽을 보면 지나간 세월을 돌아보게 된다. 낙엽에서는 삶의 흔적을 읽을 수가 있다. 그것은 바로 나 자신의 모습을 보는 것이라 할 수도 있겠다. 낙엽이 떨어져 쌓여 있는 깊은 산 계곡의 산길을 나는 지금 걸어가고 있다.

나뭇잎들은 속삭이고 있었다. 이미 싸늘하게 식은 잎새들끼리 바스락 바스락 소리를 내면서 대화를 나누고 있었다. 나뭇잎들은 이 산의 나무 가지에서 맘껏 삶을 누리고 지금 대지의 품으로 돌아가고 있는 중이다.

이 나뭇잎들에게는 사시사철 맑은 공기와 태양이 있었을 것이다. 봄비가 내리는 아침 산안개에 젖은 신록의 잎사귀는 영롱한 이슬을 머금고 윤택한 넓은 잎으로 성장하였을 것이다. 그리고 여름의 세찬 비바람은 나무 가지들을 춤추게 하였으리라. 이름 모르는 뭇산

새가 날아와 노래하는 풍성한 대자연의 오케스트라 속에서 이 나뭇잎들은 즐거운 한여름을 보냈을 것이다.

왕성하게 삶을 누리고 결실의 가을을 맞아 저마다 단풍이 들어 예쁜 색깔을 뽐내었을 것이다. 그 고운 빛깔이 가시고 바람결에 떨어져서 온 산에 지금 낙엽이 되어 쌓여 가고 있는 것이다. 멀지 않아서 솜이불 같은 눈에 묻혀서 한겨울을 날 것이다. 이 나뭇잎들은 눈비에 젖어 겨울을 나면서 육신의 잎들은 썩어서 그 뿌리로 거름이 되어 돌아가게 되리라.

나는 이들의 대화를 들으면서 문득 바로 오늘 아침 집을 나서면서 보고 온 도회의 가로수 낙엽들을 떠올렸다. 지금 이 시간 아스팔트 보도 위를 스산한 찬 바람결에 휩쓸려 굴러가고 있을 가로수 나뭇잎들은 돌아갈 곳이 없다. 온갖 공해에 찌들고 육신(肉身)이 망가질 대로 망가져 버린 가로수는 그 나뭇잎이 낙엽이 되어 돌아갈 흙과 뿌리가 있는 장소를 제공하지 못한다. 오직 시멘트와 아스팔트로 포장된 길과 하수구의 시궁창이 그들을 기다리고 있을 뿐이다. 차량의 바퀴와 인간의 오염된 신발이 만신창이(滿身瘡痍)가 된 그 나뭇잎들의 육신을 다시 밟아서 낙엽들은 겹으로 능욕(凌辱)을 당하게 될 것이다.

내 어릴 때 "가랑잎 떼굴떼굴 어디로 굴러가나. 따뜻한 부엌 속으로…" 하면서 노래한 동요 속의 낭만적인 가랑잎들은 도회의 어디에서도 찾아 볼 수 없다. 보도 위를 찬 바람에 휩쓸려 굴러가는 처량한 가랑잎은 한없이 쓸쓸할 뿐이다. 지하도에서 만나는 차가운 돌 의자에 앉아 있는 쓸쓸한 노후의 할 일이 없는 노인들을 생각하게 한다. 어쩌다가 아침 산책길에서 낙엽을 태우는 연기를 맡게 되면 그 구수한 냄새는 내 어린 시절 고향집 뒤뜰에서 낙엽 태우던 생각을 하게 한다.

공해로 찌들은 도회의 가로수 가지 끝에 아직 떨어지지 못하고 매달려 있는 작은 잎새를 바라보면서 어쩌면 화려하지 못한 삶을 힘들게 살고 이제 돌아갈 곳을 찾아야 하는 지금의 내 자화상을 보는 것 같다. 그 잎새를 바라보면서 내가 살아온 지난날들이 파노라마처럼 포개져 오는 것은 비단 오늘을 살고 있는 나만이 아닌 같은 세대의 우리 모두의 모습이라고 하면 어떨는지.

| 대운산 낙엽을 밟으며 |

지난 주 근교에 있는 대운산 산행을 하였다. 대운산은 잡목림으로 덮인 산이다. 그래서 늦은 가을의 이맘 때 쯤이면 유난히 낙엽이 많이 쌓인다. 육산(肉山)으로 산세가 비교적 부드러워서 산행하기도 편하다.

나는 낙엽을 밟으면서, 내가 지금 세월을 밟으며 지나가고 있다는 생각을 하였다. 바로 얼마 전에 이 산에 철쭉꽃이 흐드러지게 피는 봄이었나 했는데, 짙은 녹음 속으로 땀을 흘리면서 정상을 올랐던 여름이 지나갔다. 곧 눈이 덮인 이 길을 걸을 것이다. 그리고 낙엽귀근(落葉歸根)이라는 세상의 이치를 생각하게 하였다.

지금 내가 밟고 지나가는 이 낙엽들은 깊은 산속 능선과 골짜기를 덮었던 그 무성했던 지난 여름의 나뭇잎들이 떨어져서 쌓인 것이다. 나는 무릎까지 쌓여 있는 낙엽으로 덮인 길을 걸으면서 그만 발을 잘못 디뎌서 골짜기 아래로 미끄러져 굴렀다. 골짜기에는 바람에 불려 모인 낙엽이 가득 쌓여 있었다. 그 낙엽 속으로 온 몸이 묻혀 버렸다. 뒤따라오던 일행이 일부러 내가 빠져 버린 낙엽 덤불 속으로 미끄러져 들어왔다. 한없이 포근하고 따뜻한 낙엽의 품속이다. 우리는 낙엽 속에서 지극히 평온한 따뜻함을 느꼈다. 세상에 이렇게 평화스럽고 따뜻한 자연의 품이 또 어디에 있겠는가. 지금은 아득하여 기억조차 할 수 없는 내 어릴 때에 젖을 물려주시던 어머니의 따뜻한 가슴을 생각하게 하였다.

낙엽에 묻혀 있으니 언젠가 읽은 지리산 빨치산의 수기가 문득 떠올랐다. 왜 하필이면 그 처절했던 지난날의 아픈 상처를 이 순간에 기억하게 되는 것일까. 그래서 극과 극은 멀고도 가깝다고 하는 것인가. 내일이 없는 절체절명(絶體絶命)의 상황에서 사랑하는 여 간호병과 빨치산 병사가 낙엽으로 몸을 덮고 서로의 체온으로 추위를 견디면서 밤을 새웠다. 그때 그 낙엽 덤불 속에서 얼마나 많은 우리의 젊음들이 희생되어 갔을까.

피아(彼我)간에 노출(露出)되면 사격의 목표가 된다. 근접한 거리에서는 낙엽의 덤불이 은신(隱身)을 하는 역할이 되었을 것이다. 비 오듯 낙엽 속으로 파고드는 탄환은 소리 없는 많은 주검을 가져오게 하였을 것이다. 피로 젖었을 낙엽의 덤불. 그래서 피아골이라 이름하게 된 것일까!

다음날 두 사람은 각각 다른 부대로 배속된다. 섬진강을 건너 백운산으로 가는 부대와 지리산으로 돌아가는 부대로 나누어지는 부대편성이었다. 그 헤어짐은 다시는 만나게 될 기약이 없는 영원한 이별이었다. 서로가 헤어져 돌아서는 바로 그 다음 순간이 삶과 죽음을 모르는 상황이었기 때문이다. 돌아서서 섬진강 강둑길을 걸어

가는 여윈 어깨에 키보다 긴 장총을 멘 여 간호병사의 뒷모습이 내리고 있는 진눈깨비 속으로 사라져 가고 있었다.

그 날의 역사를 알고 있는지 모르는지 섬진강은 오늘도 무심히 흐르고 있을 것이다. 그 여 간호병사가 눈보라 속을 걸어간 섬진강 강둑길은 머지 않아 눈이 내릴 것이다. 그 눈보라는 그 곳을 지나는 오늘의 우리를 새삼 숙연하게 할 것이다.

나는 생각한다. 그날의 처절했던 전쟁을 모르는 세대들이 오늘 낙엽이 덮인 이 길을 평화를 구가하면서 걸어가고 있다고. 그 처절한 시대를 살고 간 빨치산의 젊음들이 낙엽의 덤불 속에서 이 평화스러움을 어찌 느낄 수 있었겠는가! 그들에게는 몸을 낙엽 속에 파묻고 숨소리도 죽이면서 바스락거리는 낙엽의 소리에 오한(惡寒)을 느끼기까지 하였을 것이다. 천양지차(天壤之差)의 간극(間隙)이 아닐 수 없다.

오늘 우리는 포근한 낙엽이 깔린 대운산 산길을 걸었다. 바람은 조용하고 햇살은 따뜻하였다. 낙엽이 떨어져 솜이불처럼 덮여 있는 산이 은혜롭게만 느껴지는 행복한 하루의 산행이었다.

| 가을비를 맞으며 |

새벽에 어렴풋이 뇌성소리를 듣고 잠이 깨었다. 거실에 나와 보니 창밖에는 비가 내리고 있는 모양이다. 가을비다. 창 아래에 놓여 있는 탁자 위의 전기 스탠드를 켜고 시계를 보니 새벽 3시를 막 지나고 있다. 번개를 치고 좀 사이를 두고 뇌성이 들려오는 것으로 보아서 제법 거리가 떨어진 곳에서 비가 또 묻어오고 있는가 싶다.

잠이 더 올 것 같지를 않아서 의자에 앉아 밖을 내다보기로 했다. 빗물이 유리창을 타고 내려오는 것을 보면서, 이 새벽은 나를 깊은 생각의 늪으로 빠져 들게 하였다.

이 비가 오고 나면 가을이 한 걸음 성큼 다가올 것이다. 가을은 사색의 계절이라고 한다. 한 동안 잊고 있었던 자신을 돌아보는 시간을 이 가을에는 꼭 가지고 싶다. 이 가을에는 마음의 눈을 열어야 하겠다. 진솔하게 참 자기를 찾아야 하겠다.

가을이 오면 나뭇잎들은 아름답게 단풍이 들고, 국화꽃은 피고,

식물의 온갖 열매들도 모두 영글어 갈 것이다. 이 가을에는 대지에 은총의 결실이 충만해지기를 소망하여야겠다.

지난 여름의 한더위가 사소한 일에도 화를 내게 했거나, 가벼운 잘못인데도 사람을 용서하지 못하였거나, 그래서 아직도 풀지 못한 마음 속의 응어리가 있다면 이 가을에는 깨끗이 지워 버려야 하겠다. 그리고 불행한 이웃들에게는 연민(憐憫)의 정을 보내고, 멀리 떨어져 있는 한 때 가까웠던 이름들의 안부도 물어보아야 하겠다.

열린 마음은 참 가을을 느끼게 될 것이며, 풍요로운 수확을 거두게 되리라고 생각한다. 여름의 태양에 익어서 영글은 곡식처럼, 과일처럼, 사람도 역경과 고난을 많이 겪으면 겪었을수록 극복하고 살아온 그 삶이 더욱 진주처럼 아름답고 값질 것이다. 뜨락의 잘 익은 석류 알처럼 영롱한 삶의 아름다움을 이 계절에 거두게 될 것이다.

곡식이 거두어진 뒤의 내 마음의 빈 밭이랑에는 내년 봄을 위하여 작은 씨앗이라도 넣고 다음 해의 봄비를 기다려야겠다. 그리고 그 밭에서 수확하게 될 풍성한 열매의 이야기를 멀리 떨어져 있는 친지나 친구에게 한 장의 엽서에 담아서 띄워 보내고도 싶다. 그들의 가슴마다에 이 가을의 편지가 소중한 이야기로 오래 남기를 바라면서.

이 가을에는 가까운 이웃들이 스스럼없이 찾아와서 어려웠던 지난 여름의 이야기를 마음 편하게 할 수 있는 사이가 되어 주고 싶다. 싫도록 넋두리를 하여도, 푸념을 하여도, 응석을 부려도 되는 넓은 가슴으로 고향의 느티나무의 그늘처럼 그들에게 되어주고 싶다. 격정(激情)이 사라진 평정한 마음으로 저 높고 푸른 가을의 하늘을, 산야에 곱게 물든 단풍을, 이 가을에는 만끽할 수 있도록 기원

38

해 보겠다.

　지금 창밖에는 가을비가 조용히 내리고 있다. 이 가을비는 지난 여름의 뜨거웠던 대지를 촉촉이 적시고 있을 것이다. 이 비가 내리고 나면 청청한 나뭇잎은 단풍이 들어서 낙엽이 되어 대지로 돌아가게 될 것이다. 세상사 만물은 윤회(輪廻)하는 계절에 따라 모두가 다 그 이치대로 돌아가는 것이니까.

　이 새벽 가을 찬비를 맞으며 나는 아파트의 뜰에 나서 본다. 떨어지는 낙엽을 밟으면서 살아온 지난날들을 회상해 본다. 곁을 스치는 바람결의 무심한 세월은 저만치에서 나에게 손짓을 하는 것 같구나.

| 건망증(健忘症) |

기억력이 많이 떨어졌다. 금방 들은 말도 바로 잊어 버린다. 심지어 무슨 생각으로 거실에서 방안으로 들어서기는 했는데, 그 사이에 무엇을 하려 했는지를 잊어 버렸다. 심지어 반복적으로 늘 해 오고 있는 일상의 일도 순서를 뒤바꿔 버리는 경우가 다반사다.

인명이나 지명을 기억 못해내는 것은 어쩔 수 없는 일이라 하겠다. 어떤 때는 자주 만나는 친구 이름을 기억 못하여 곤혹스러운 경우도 있다. 그럴 때에는 내가 벌써 왜 이렇게 되어 버렸나 하고 자탄을 하게 된다.

어릴 때에 우리 할머니나 어머니로부터 들은 말이다. 아이를 등에 업고도 아이를 찾아 한참을 다녔다. 부엌에서 부지깽이를 손에 들고 솥 아궁이 검불 지피려고 부지깽이를 찾았다는 등등….

하기야 이게 다 나이 탓이려니 생각해 버리면 될 일이기도 하련만은 이러다가 치매(癡呆)라도 오는 것은 아닌가 걱정이 안 될 수 없다. 치매 현상이 어느 날 갑자기 오는 것은 아니다. 세상사 매사가 다 그렇다. 어떤 병이든 그 징후가 먼저 오고 현상이 나타나는 것이 순서다. 다만 우리가 부주의로 느끼지 못하였거나, 그걸 예사롭게 여기고 지나쳐 넘겨 버려서일 뿐이다. 지금 이렇게 기억력이 쇠퇴하는 것이 혹시 그 징후가 아닌지 걱정이 된다.

오늘 아침 밥상머리에서의 이야기다. 아내가 조금 전에 사이렌 소리가 나서 내다보니, 이 아파트에 119 구급차량이 와서 환자를 태워 가더란다. 처음에는 어느 동(棟)에서 무슨 일이 생겼나 하고 내다봤더니, 102동 8, 9라인에서 할머니 환자를 부축해 나오더라 했다. 내가 밥숟갈을 들면서 무심코 "102동이 어느 동이지?" 했다. 아파트 단지 내에 여러 동이 있으니까 그 중에 한 동이겠지 하는 생각으로 무심코 한 말이었다. 그런데 그 102동이 우리가 십수 년을 살고 있는 바로 이 동이다. 아내로부터 핀잔을 받으면서, 내가 아침부터 또 왜 이러지 하는 생각을 하게 되었다.

어제 지하철로 귀가하면서의 일이다. 비가 올 것 같아 퇴근하면서 접는 우산과 책이 든 봉투를 들고 나왔다. 내리면서 우산을 지하철 좌석에 그냥 둔 채로 책 봉투만 달랑 들고 내린 것이다. 개찰구를 나오면서 좀 허전하다 싶어서 생각하니 우산을 두고 내린 것이다. 아깝기도 했지만, 그보다 깜빡해 버린 건망증에 은근히 화가 났다. 집에 와서 아내에게 놓고 온 우산 이야기 끝에 건망증 걱정을 했다.

오늘 아침에 현관까지 따라 나온 아내가 서면 지하철역 개찰구 옆에 유실물 보관 센터가 있으니 오면서 들러 보란다. 지금 생각으로는 그 우산도 찾을 겸 나처럼 얼마나 많은 사람들이 건망증으로 어떤 물건들을 두고 내렸는지를 내 눈으로 직접 확인해 보아야겠다는 호기심도 생긴다. 지금은 유실물 센터를 찾아가 볼 생각이지만 건망증이 심한 내가 그 생각을 또 잊어먹지 않는다는 보장이 없을 것 같다.

언젠가 아내가 한 말이다. 남자는 뇌작용이 구조상으로 두 가지 이상의 일을 동시에 진행하지 못하게 되어 있다고 했다. 내 경험상으로도 그럴 것 같다는 생각이 든다. 지금까지 한 가지씩 순차적으로 하였지 두 가지 이상의 과정을 동시에 진행해 본 경험이 없는 것 같다.

예를 들어 바른손으로 이 일을 하면서, 왼손으로는 다른 물건을 쥐고, 다시 바른손이 하던 일을 계속해서 하는, 생각만 해도 복잡해서 안 될 것 같다. 여자는 가능하다는 이야기다. 그렇다면 뇌의 구조상으로 보아 그런 점에서는 남자보다 여자 쪽이 우수하다고 해야할 것 같다. 꼭 그래서는 아니겠지만 건망증 증세도 여자보다 남자가 더 심할는지도 모른다는 생각이 든다.

건망증이라는 증세는 우리에게 어떤 면에서는 필요악이다.

만약에 우리의 뇌에 우리가 살아오면서 겪은 모든 사실들이 사진의 필름처럼 그대로 담겨져 있다면 어떻게 될까. 생각만 해도 안 될 일일 것 같다. 우리는 흔히 기억하고 싶지 않은 사실들이 살아가다 보면 있다. 빨리 기억에서 지우고 싶은 흔적도 있다.

이런 말을 종종 듣는다. 남에게서 입은 은혜는 오래 기억하고, 내가 남에게 베푼 일은 빨리 잊으라 했다. 얼마 전 J신문 칼럼에서 읽은 기사다. 공자가 삼천 명의 제자 중에서 나라를 능히 다스릴 만한 재목으로 중궁(仲弓)을 이르면서 "다른 사람에 대한 원한을 오래 가슴에 품지 않고, 다른 사람이 지난날 지은 죄는 마음에서 지워 버릴 줄 아는 성품"이라고 했다. 우리 범인(凡人)들은 수양이 안 되고, 덕이 모자라니 스스로 마음을 닦아 중궁(仲弓)처럼의 경지에 도달하기는 쉽지 않을 것이다. 다행히 건망증이라는 증세가 우리로 하여금 언짢은 기억들을 잊도록 하여 같은 결과를 가져오게 할 수 있을 것 아닐까 싶다.

수원(讐怨)지간으로 평생을 불행하게 지나고 있는 사이라면, 서로가 그 안 좋은 기억을 지워 버리는 건망증이 있었으면 얼마나 좋을까 싶다. 어느 정도의 건망증은 그런 점에서는 우리를 유익하게도 할 것이라는 생각이 든다.

나이 들어가면서 살아온 지난날 아름다웠던 기억은 오래 간직하고 그렇지 못한 일들은 모두 기억에서 지워 버릴 수 있으면 좋을 것 같다. 그것이 정신 건강에도 좋을 것 같다. 그러면서도 그것이 바로 치매로 가고 있는 것은 아닐까 하는 또 다른 걱정을 하게 한다. 세상사가 어디 다 마음대로 되는 것은 아니니까 말이다.

| 금연잡상(禁煙雜想) |

44

　이 며칠동안을 계속하여 아침 출근길에서 여중생으로 보이는 서너 명을 같은 장소에서 만나고 있다. 언제나 그 여중생들은 내가 지나다니는 허름한 공장의 담벽 구석진 곳에 붙어 서서 있었다.

　지금까지는 무심히 지나쳐 왔는데, 오늘 아침 그 애들 중 하나가 담배를 피우다가 나를 보고 얼른 감춘다. 아하! 애들이 이 구석진 곳에서 끽연을 하고 있었구나. 얼마 전 아내가 하던 말이 생각난다. 집으로 오는 길에 고등학교 저 학년생으로 보이는 남학생이 담배가게 앞에서 돈을 내밀며 담배를 사 달라고 부탁을 하더란다. 중고등학생들의 흡연이 사회문제가 되고 있는 것은 비단 어제 오늘의 일이 아니라고 알고는 있었지만, 막상 이런 경우를 내가 직접 당하게 되니 새삼 예삿일이 아니라는 생각을 하지 않을 수 없다.

　얼마 전 신문에서 청소년기에 흡연을 하면 폐, 심장, 혈관 등이 충분히 성장하지를 못하고 쉽게 니코틴 중독에 빠지며, 폐암, 만성폐

쉐성 폐질환에 걸릴 위험도가 높다고 하였다. 담배의 발암 물질이 암을 일으키는 데는 대략 이십년이 소요되므로 청소년기에 흡연을 하면 한참 일할 사십대 이후에 암에 걸릴 위험이 매우 높다는 내용의 기사였다.

내가 고등학교에 다닐 때 쯤으로 기억한다. 시골의 친척집에 갔었는데 동생뻘 되는 여자아이가 담배를 피우는 것을 보았다. 말인 즉, 아침마다 입안에서 밀침(타액, 唾液)이 나온다니까 할머니가 인(회충, 蛔蟲)이 발동을 하여 그런다면서 담배가 좋다고 하여피운다 했다. 그때 나이가 오늘 아침에 내가 보았던 그 여중생 또래였다. 결국 무지(無知)가 사람을 잡았다 할까, 그 여동생은 사십 대쯤의 나이에 폐암으로 사망하였다.

내 경우를 말하면 나는 이십대 초반에 담배를 피우기 시작하였다. 군대를 다녀오고 직장생활을 하면서 삼십대 중반까지 계속하여 피웠다. 그런데 그 피우는 담배의 양과 흡인(吸引) 방법이 문제였다. 하루에 네다섯 갑을 거뜬히 피워댔다. 그것도 한 개비를 입에 물면 그 개비를 끝까지 다 태우면서 담배연기를 폐 깊숙이까지 빨아들였다가 내뱉는 것이 내 담배 피우는 습성이었다. 식전이고 밤중이고 눈만 뜨면 피우고, 입안에 음식물만 들어가면 피워야 했다. 공초 오상순 시인이 담배를 많이 피웠다고 알고 있는데, 공초 시인에 버금갈 정도가 아니었나 싶다. 그렇게 피우다 보니 오후가 되면 속이 메스껍고 입안에서 밀침이 나오기 시작하였다.

계속 이러다가는 안 되겠다는 생각에 금연을 하려고 마음먹었다. 그러던 차, 좀 억울한 사정으로 근무처에서 갑자기 좌천발령을 받게 되었다. 충격을 받은 나는 이때다! 하고, 내가 지금까지 민기적거리고 있던 금연을 이 기회에 단행하기로 결심하였다. 좌천발령으로 인한 충격을 금연이라는 메가톤급의 다른 상황으로 흡수해야겠다는 결심을 해 본 것이다. 일종의 정신 충격요법으로 생각한 것이다.

나는 전출지로 가는 열차 안에서 호주머니에 들어있던 담배와 라이터를 차창 밖으로 모두 내던져 버렸다. 그리고 낯선 전출지에 유배된 기분으로 부임을 하였다. 보통 사람의 입장에서는 안 피우던 담배를 피우게 되는 상황에서 나는 결연한 각오로 금연을 단행한 것이다.

숙소도 미처 정하지 못하고 여관방에 혼자 우두커니 앉아 있으려니 담배를 피우고 싶은 욕구가 불같이 일어났다. 오히려 가족을 떠나 객지라는 사정이 나를 더욱 심하게 괴롭히는 것 같았다. 그 욕구는 갈증이나 배고픔보다도 아니 세상의 그 어떤 욕구보다도 훨씬 강열했다. 나는 내가 할 수 있는 모든 방법을 다 할 수밖에 없었다. 물을 마시기도 하고, 껌을 통으로 사다 놓고 계속하여 씹기도 하였다. 밖에 나가 달리기도 하고, 시내를 밤이 늦도록 몇 바퀴인지도 모르게 배회하기도 했다.

그렇게 하면서 힘들게 하루를 넘기고, 다시 또 하루를 보냈다. 이렇게 하여 나의 금연의 대 장정(長征)은 진행되었다. 꼭 정상을 앞에 두고 산행하는 등산인의 자세로 그 힘든 목표점을 향하여 한 발자국 한 발자국씩 다가갔다. 바로 나 자신과의 치열한 싸움이었다.

당시 나는 금단현상(禁斷現象)에 대하여 전혀 아는 바가 없었다. 내가 그렇게 힘든 과정을 넘기면서 며칠을 지났을 즈음, 나는 정신적으로 지금까지 일찍이 경험하지 못한 상황이 왔다. 정신이 몽롱해지고, 매사에 의욕을 잃은 상태가 된 것이다. 내가 왜 이렇지 하면서도 그것이 금연에서 오는 금단현상인 줄을 몰랐다. 내가 그 힘들었던 금연에 성공한 것은 2개월이라는 긴 시간이 지나고 나서였다. 다른 사람들보다 훨씬 고통스럽고 긴 시간이 소요된 셈이다. 그만큼 니코틴 중독 증세가 심했던 것이 원인이었던 것 같았다.

내가 지금까지 살아오면서 특별히 잘하였다고 내세울 만한 일을 한 것이 별로 없다. 그나마 있다면 이 때에 금연을 한 것을 들 수 있겠다. 지금 생각해도 내가 그때 금연을 하지 않았으면 내 건강이 지금쯤 어떻게 되었을까 하는 생각을 하면 아찔하다.

나는 지금 건강상태가 좋은 편이다. 물론 내가 건강관리를 평소에 열심히 잘 하고 있어서이기도 하지만, 내가 금연을 하였기 때문이라고 생각한다. 담배가 건강에 아주 나쁘고 만병의 근원이라는 사실은 이제 모르는 사람이 없다. 그런 사정을 알면서도 금연을 하지 못하는 많은 사람들이 있는 것을 보면 안타까운 생각이 든다.

우리 아이들도 끽연을 한다고 알고 있다. 아내가 담배를 끊으라고 간절하게 권하는데도 안 되는 모양이다. 아내가 아버지의 금연하는 의지를 본뜨라고 해도 소용이 없는 모양이다.

옛날에는 세상 인심이 담배 인심만 하라는 말이 있었다. 처음 인사를 하고, 명함이 교환된 다음에는 담배를 권하는 것이 예의였다. 담배를 피우지 못하는 상대편은 오히려 미안한 입장이 되어 담배를 못 피운다고 양해를 구해야 했다. 금석지감(今昔之感)의 이야기다.

아침에 상쾌한 기분으로 출근을 할 때, 앞에서 담배를 피우는 사람이 걷고 있으면, 그 담배 연기가 그렇게 싫을 수가 없다. 간접흡연이 인체에 더 해롭다는 인식이 보편화 되어 있다. 이제는 대중 교통기관이나 공공시설이 금연구역으로 지정이 되고, 공중의 일반시설이나 구역, 건축물 전체에까지도 금연구역으로 확대되고 있다. 우리는 지금 금연에 대한 새로운 인식이 요구되는 시대에 살고 있다.

47

| 못난 사람 |

얼마 전 여류 소설가 P선생의 타계는 온 나라를 애도에 잠기게 하였다. 영결식장을 지켜보면서 고인의 필생의 역작 대하소설 《토지》와 함께 고인이 생전에 원했던 고향 통영의 미륵산록에 묻혀 흙으로 돌아가는 한 생애가 또 한 편의 다른 사람의 글감이 되겠다는 생각을 하였다. 지금 내가 쓸려는 이 글도 고인의 가족사 이야기 중 일부가 되겠다.

K가 내 사무실에서 일하여 온 지도 10년이 넘었다. K는 처음 올 때나 지금이나 어쩌면 사람이 저렇게 변하지 않을까 싶은 생각을 하도록 10년 전이나 지금이나 통 변한 데라고는 없는 사람이다. 볼품없는 왜소한 체구에 생긴 인양도 남 앞에 나설 만한 태가 없는 그런 사람이다. 그래도 마음씨 하나만은 바르고 성실하여서 한 마디로 착하다.

아마 지금까지 살아오면서 남에게 조금만큼이라도 해를 끼쳤거나 그럴 생각조차도 가져 보지를 못했을 것이다. 마음 속으로는 욕심이 있는지는 몰라도 평소에 분수에 넘는 탐을 내거나, 남의 것을 넘볼 만한 주제는 더더구나 못되는 위인이다. 거기다가 특별한 취미도 없는 것 같다. 해야 할 일이 있으면 공휴일에도 사무실에 나와서 일을 마저 해 놓아야만 직성이 풀리는 그렇게 성실한 사람이기도 하다.

K의 캐비넷 안에는 내 사무실에 오기 전인 다른 데 근무할 때부터 몇 10년도 더 되었지 싶은 업무관련 선례집을 자기 나름대로 정리를 하여 가지고 있으면서 업무에 참고를 하는 것 같다. 제발 그것 버리고 이제 인터넷에서 업무에 참고할 선례를 얼마든지 찾으면 된다고 해도 듣지를 않는다. 우직하다고 해야 할까, 고집스럽다 해야 할까, 하여간 그런 사람이다.

그 K가 몇 해 전 어느 날 자신의 호적등본이라면서 내게 보여준 일이 있었다. 설명인즉 자신이 호주로 되어 있는 호적부 가족사항 말미에 숙모 한 분이 등재되어 있는데, 이 분이 지금 문단에서 이름이 있는 여류 소설가 P선생이라고 했다. 물론 호적부에는 호적명으로 등재되어 있어서 작품 활동을 하면서 익히 우리가 잘 아는 그 필명은 아니었다.

사연인즉 K의 부친 4형제분 중에서 셋째분이 P 선생의 부군인데, 6 · 25 동란 중에 행방불명(사망)되었다 한다. 이후 미망인이 된 숙모가 소생인 따님 한 분과 같이 K의 호적부에 얹혀 있다가 따님은 혼인으로 제적이 되고, 숙모만 계속 그대로 등재되어 오고 있다는 것이다.

K는 이순(耳順)이 넘도록 지금까지 이 숙모님을 한 번도 생면하지

못하였다고 한다. 그 숙모님이 시가(媤家)에 걸음을 않으시고, 큰 조카인 K도 그 숙모님을 만날 생각을 못하고 있다는 이야기다. 그런 사정이 되게 된 데에는 K가 어릴 때인 6. 25 동란 중에 이 숙모님이 당시 교도소에 수감중이던 부군의 구명(救命)을 위하여 어린 남매 (그 뒤 아들은 사망한 것으로 알고 있음)를 앞세우고 큰댁에 와서 읍소(?)를 하면서 도움을 청하였다고 했다. K의 선친이 시골 살림에 나도 자식 키우면서 어려운데 어쩔 수 없다고 거절하여 그 말을 듣고 돌아간 후, 지금까지 전연 시가에 걸음을 않으셨다는 이야기다.

K가 들어서 아는 바는 K의 막내 삼촌이 요시찰 인물이었던 모양인데, 동란 중에 행방불명이 되자 당시 인천 전매지청에 근무하던 바로 위의 형인 P선생의 부군이 그 동생과 연루된 혐의를 받아 수감이 되었던 것 같다고 했다. 근년에 와서 K의 사촌동생이 이 숙모님을 찾아갔더니 숙모님이 지난 날 시가에서 자기에게 서운하게 했었던 그 이야기를 하더라는 말을 전해 듣고는 아예 찾아가 뵈올 엄두를 못내고 있다는 것이 그 동안의 집안사정이라고 했다.

K의 성품이나 지금까지 살아오면서 처신하는 것으로 보아서 충분히 그러고도 남을 위인이다. 말하자면 K의 선친이 지난 날 이 숙모님에게 서운하게 한 일이 지금 K의 처신에 멍에가 되고 있는 것 같이 생각되었다.

여류 소설가 P선생의 타계 기사를 아침 배달된 신문에서 읽고 출근을 하여 보니 K가 여느날이나 다름없이 사무실에 먼저 나와 있었다. 내가 숙모님의 빈소가 있는 서울로 곧 바로 가야 하지 않느냐고 하였더니, 안 가기로 마음을 정하였다 한다. 생전에 걸음을 안 했는데 돌아가셨다고 해서 어찌 가겠느냐는 대답이다.

고인의 입장에서 보면 아들이 없으므로 시가의 큰 댁 장조카인 K 는 이 장례식에 마땅히 상주가 되어야 할 사람이다. 비록 생전에 뵙지를 못했다고 해서 그것이 이유가 되어 그로 하여금 오늘 이 장례식에서 국외자가 될 수는 결코 없다고 생각한다. 내가 그래서는 안 되는 법이라고 완곡하게 타일러 보았지만 끝내 듣지를 않았다. K의 돌아가신 선친이 평생 동안을 짊어지고 왔던 그 멍에를 이제 K가 이어받아서 K도 마음에서 그 멍에를 벗어 버리지를 못하는가 보다 하는 생각을 하였다.

그날 나는 나의 권유를 뒷전으로 하고 시내 등기소에 제출할 서류를 들고 사무실을 나서는 K의 뒷모습을 멍하니 쳐다볼 수밖에 없었다. 그러면서 나 혼자 하는 소리로 중얼거렸다. 못난 사람 같으니라고.

51

| 상장(喪章)을 보면서 |

　지하철 안 맞은편 좌석에 앉아있는 승객의 양복 깃에 달고 있는 나비모양의 상장이 눈에 띄었다. 참 오래 잊어버리고 있었던 풍속의 유물을 발견하기라도 한 생각이 들었다. 현대의 도시생활에서 언제부터인지 모르는 사이에 잊혀져 버린 것 중의 하나가 이 상장(喪章)이다.

　장의(葬儀)에는 상복을 입어야 한다. 상주가 입는 복장과 여타 인척이 입는 복장이 다 다르다. 8촌 이내의 친척을 상례에서는 복내(服內) 간이라 하며 상복을 입는 범위가 된다. 8촌을 넘으면 같은 집안이라도 일반 상문하는 입장이 된다.

　상복은 장례기간 중에만 입고 탈상(脫喪)을 하게 되면 불사른다. 그러나 상장을 달아야 한다. 상장은 베(麻布)로 접은 나비 모양의 표시다. 남녀에 따라 표시하는 방법이 다 다르다. 남자의 경우 오늘 내가 보게 된 양복의 깃이나 적당한 상의의 눈에 뜨이는 부분에 달고, 여자의 경우 기혼녀는 옛날 비녀를 꽂을 때는 흰 댕기를 머리에 들여서 꽂았는데 지금은 기혼녀나 미혼녀 다 머리핀을 이용 하여 상장을 달아 표시를 하고 있는 것 같다.

상장은 상중에 있음을 상대편으로 하여금 알게 하고, 자신도 근신을 하여야 한다. 근래에 와서 상장을 단 사람을 보기가 쉽지 않아졌다.

살아가는 생활방식은 변해도 생명이 나고 죽는 이치만은 만고에 변할 수 없는 것인데도 장의절차는 그 사이 참 많이 변하였다고 생각된다. 부모가 연로(年老)하여 기운이 쇠하면 깊은 산에 업어다가 고려장(高麗葬)을 하였다는 이야기는 고증이 안 되는 한낱 전설이니 그냥 넘기기로 한다.

내가 어린 시절 자란 시골 동네에서 좀 떨어진 산기슭 밭에 무덤들이 있었다. 우리들은 그 무덤들이 있는 밭을 「신밭」이라고 했다. 훨씬 지나고 알게 된 바로는 그 무덤 중에서 「시묘살이」를 한 무덤이 있었다고 한다. 그 시묘살이 밭이라는 어원이 어떻게 구전(口傳)이 되면서 「신밭」으로 되었지 않았나 싶다.

부모가 돌아가시면 그 상주 중에 한 분이 삼 년 동안 무덤가에 띠집을 짓고 무덤을 지키는 장례의식을 시묘살이라고 하였다. 우리 집 문헌에도 윗대에서 한 분이 시묘살이에서 득병(得病)하여 그 후 오래 생존하지를 못했다는 이야기를 어른들로부터 들은 기억이 있다. 거처와 식음(食飮)을 제대로 할 수 없는 상황에서 건강이 유지될 수가 없을 것은 너무나 당연한 일이다. 현대의 사고로는 이해가 안 되는 것이 시묘살이다.

얼마 전에 지인의 부음을 받고 장지에 가서 보게 된 일이다. 공원 묘지여서 마침 부근에 같은 장의를 치르는 행사가 있었다. 미망인이 장례가 끝나기가 바쁘게 상주들의 상복을 그 자리에서 불태우고 젊은 상주들을 평복으로 바꿔 입히고 있었다. 상례절차가 너무 빠르게 끝나는 것 같았다. 망인과의 인연의 끈이 그렇게 쉽게 끊어져 버리는 것일까. 허망하다는 생각까지 들었다.

탈상 기간이 3년 상에서 차츰 1년으로 그 기간이 단축되어 가다가 최근에 와서는 49재를 절에 올려 지내고 상을 벗는 경우가 많아졌다. 원래 49재는 혼령을 위한 불교의식이다. 그런 의미의 재 올리는 행사가 장의의 일반적인 절차로 변질이 되어가는 것 같다.

그 절간 뒤 안으로
눈 꽃 아직 남았을까

고운님 목덜미에
흰 나비 팔랑 팔랑

아득한 서방정토로
동무 삼아 가셨겠지

황령산 마루턱에
다소곳이
둥지 튼 집

법화경 낭랑하다
사바 풍진 재워 주니

그냥은 못 지나겠네

목 축였던 감로주.

— 〈인각사(仁覺寺) 추억〉에서

소설가 K형이 우리들의 카페란에 올린 시조 한 수다. 그리고 '주'를 달아 두었다.

"인각사는 2000년 겨울 내자(內子)의 49재를 지낸 절이다. 몇 달 뒤 거기를 지나갔다. 그날 밤에 쓴 듯싶다."

거기다가 내가 "살고 가시며 남긴 그늘이 뒤에 올 길 열어주는 거랍니다. 세상사 다 앞서고 뒤따르고 그렇게 살다 가는 것인 걸." 췌언 한 줄 댓글로 달아 보았다.

나는 맞은편에 앉은 상장을 단 초로의 남자를 유심히 바라보았다. 그 사람은 시종 눈을 감고 있었다. 어쩌면 49재 행사를 다녀오는 길인지도 모르겠다. 먼저 가신 부모님을 기리면서 가슴에 사무치는 회한(悔恨)에 잠겨 있는지도 모른다는 생각을 하면서 내가 내려야 할 역에 지하철이 도착하여서 나는 천천히 일어서 나왔다.

| 집을 옮기면서 |

　곧 새 아파트로 이사를 하게 된다. 지금 살고 있는 이 아파트로 이사를 온 지도 벌써 15년이 되었다. 그 전에는 수영에 있는 옛 성터 안 본 동네의 단독주택에서 20여년을 살았다. 그러고 보면 집을 자주 옮겨 가면서 재산을 늘리기도 하는 요즈음 말로 재테크를 잘 하는 사람은 못되나 싶다. 아예 처음부터 그런 재간이 없다고 해야 할 것 같다.

　전에 살던 수영성터 안의 동네는 도시 계획이 안 된 옛날 동네 그대로였다. 골목길이 돌담과 집 추녀를 따라 구불구불했다. 그 골목길에서 동네 아이들이 땅따먹기도 하고 제기차기도 하였다. 우리 집 애들도 그런 동네 아이들 속에서 자랐다. 그 때만 해도 동네를 벗어나면 바로 논밭이고 들길이어서 제멋대로 뒹굴 수도 있었다. 우리는 애들이 다 커서 외지에 공부한다고 나가고 난 뒤에야 비로소 지금 살고 있는 이 아파트로 이사를 하게 된 것이다.

처음 이 아파트로 이사를 왔을 때에는 주변에 편의시설이 갖추어 져 있지를 않아서 여간 불편하지를 않았다. 전에 살던 단독주택은 재래식 화장실에 난방도 제대로 안 되어 생활하기는 불편하였지만 문밖이 바로 시장이라서 나가면 일상 생활용품을 사오는 데는 그렇 게 편할 수가 없었다. 아내는 부엌에서 밥을 짓다가도 나가서 찬거 리를 사 들고 들어올 정도였다.

지금 살고 있는 아파트는 낙동강 하구를 볼 수 있게 서남간향이 다. 거실에서 을숙도가 바로 눈앞에 보이고, 가덕도가 그 너머에 있 다. 날씨가 청명한 날 아침은 멀리 거제도의 어촌 마을의 포구와 심 지어 건물의 유리창까지도 선명히 보인다. 이 아파트에서는 무엇보 다도 지는 석양과 노을이 절경이다.

몇 해 전에 서해안으로 여행을 하였다. 변산반도의 저녁 노을을 보면서 일행들이 탄성을 지르는 것을 보면서 우리 내외는 집에서 매일 바라보는 해 지는 서낙동강의 저녁 노을을 변산반도의 그것에 조금도 못하지 않다고 생각했다.

나는 거실에서 서낙동강의 저녁 노을을 감상하는 시간이 이 아파 트로 이사 온 이후 나의 즐거움이 되었다. 구름이 없는 저녁 시간은 온 하늘이 빨갛게 물들면서 지는 해는 마치 잘 익은 연시(감홍시) 같았다. 새털구름이 하늘에 떠 있는 날에는 지는 저녁 해의 빛살무 늬가 온 하늘에 가득하여 그야말로 장관을 이룬다.

이 시간쯤 나는 뒷산을 자주 올랐다. 내려오면서 소나무 숲 사이 로 내려다보이는 서낙동강 하구와 김해평원 너머의 석양은 바로 한 폭의 그림이다. 어디에 이렇게 아름다운 저녁 노을의 풍경이 있을 까 감탄을 자아내게 하였다.

이 아파트로 이사 온 후 나는 사랑하는 나의 어머님을 여의었다.

어머님을 위하여 햇볕이 바로 드는 문간쪽 방에 새로 원목으로 만든 옷장을 넣어드렸다. 어머님께서는 매우 흡족해 하셨다. 그 마음에 들어 하시던 생활도 오래 하시지 못하고 가셨다. 한 평생을 고생만 하시다가 가신 어머니시다. 그런가 하면 이 아파트에서 우리 아이들 3남매를 짝을 지어서 제 둥지로 내보내는 기쁜 일도 있었다.

이 아파트로 이사를 할 때 좀 넓게 좋은 분위기에서 생활하고 싶다는 욕심만으로 큰방과 거실의 베란다를 티워서 방과 거실을 넓혔다. 집안에 화초 몇 그루와 난 한두 분을 놓아두고 싶어도 베란다를 없애 버려서 놓을 데가 없었다. 거실 마루에 두려 해도 화초에 물을 마음대로 줄 수가 없었다. 그 뿐만이 아니다. 세탁물을 말리려 해도 공간이 없어서 아내는 늘 불평을 해왔다. 불편한 점이 한두 가지가 아닌 셈이었다.

이번에 이사를 마음 먹게 된 데에는 이런 불편도 이유 중의 그 하나다. 며칠 전에 신축 아파트의 건설회사에서 사용승인을 앞두고 입주를 위한 사전 점검을 하라는 통지가 왔다. 다들 기대했던 것보다 시설이 못하다는 이야기들을 하였다.

우리 내외는 앞으로 우리가 살 집이라는 생각으로 들어가 보니 정남향에 앞이 트여서 좋았다. 그리고 멀리 금련산이 우리를 기다리고 있었기라도 한 듯이 한 눈에 들어왔다. 길에서 좀 떨어진 동(棟)을 택한 이유도 자동차의 소음을 피해서였다. 지금 살고 있는 아파트가 큰 길에서 제법 떨어졌는데도 자동차로 인한 소음과 먼지가 많았던 점을 경험하였기 때문이다.

이번에는 베란다도 그대로 두어서 화초에 물도 흠뻑 주면서, 세탁물도 마음대로 널어서 말리도록 하고, 질그릇 같은 살림살이 집기도 놓아둘 공간을 마련해 둘 생각이다.

어쩌면 이번에 이사하는 이 아파트가 우리 내외의 생애 마지막 집이 될지도 모른다는 생각이 든다. 이 집으로 이사를 앞두고 내 나름대로의 정리해야 할 일들이 많을 것 같다.

지금 살고 있는 집 세간 중에는 내 선대에서 물려받은 집기나 기물들이 많지는 않지만 제법 있다. 족보나 문집 등 서책류 등도 정리가 안 된 채로 서재에 내가 보는 다른 책들과 뒤섞여 있다. 우선 이것들을 하나하나 정리를 해야 할 것이고, 또 언젠가 내가 훌쩍 떠나고 난 다음에 내 아이들이 나의 유류품 관리를 편하게 하도록 해 놓을 생각도 하여야겠다.

뒤돌아보면 우리 내외가 인연이 있어 처음 만난 것이 벌써 40년이 넘었다. 처음 남의 집 단칸방에서 시작하여 애 셋을 낳아 기르면서 그 사이 참으로 힘 드는 세월을 살아왔다. 서로가 어려운 일 있으면 힘을 합하였고, 서로 조심하여 상대편의 감정을 건드리지 않으려고 노력하였다. 그렇게 하다 보니 다툴 일이 별로 없었다.

이제 이 집이 우리 내외가 만나 그 한 많은 세월을 마감하는 집이 될지도 모른다는 생각을 하니 감회가 새롭다. 우리는 이 집에서 오래오래 살 생각을 한다.

| 미리 해 두어야 할 일 |

바로 며칠 전에 10월 26일이 지나갔다. 30년 전 그날 대통령께서는 국화꽃으로 장식이 된 리무진 장의승용차 안에서 많은 조문객에게 육성으로 배웅에 대한 감사의 말씀을 하셨다. 물론 평소에 연설하셨던 연설문을 편집하여 조문객에게 보내드리는 말씀이긴 했으나 그 말씀을 경청하는 많은 조문객으로 하여금 숙연한 심정을 금할 수 없게 하였다 한다.

얼마 전 모 코미디언이 심장장애로 갑자기 유명을 달리했다. 매스컴에서 보도 기사를 내보내면서 그 분의 생존시 활발했던 연예활동을 편집을 하여 동시에 방영하였다. 그 보도를 접하면서 삶과 죽음의 한계가 분간이 안 되고 혼란스럽다는 생각을 하게 하였다.

평소에 가깝게 지나던 S검사는 검찰 내부에서 촉망받는 분이었다. 그런 분이 정기 승진인사에서 탈락이 되었다. 변호사 개업을 한다는 인사장을 받으면서, 나는 다음에 기회가 있을 텐데 너무 서두르지 않나 하는 생각이 들었다.

　그 얼마 후 내가 서울에 출장을 가게 되어 S검사가 개업한 변호사 사무실을 찾았다. 마침 출타중이어서 다녀갔다는 인사만 남기고 나왔다. 그리고 그 다음날 신문에서 S변호사가 불의의 교통사고로 갑자기 타계하였다는 기사를 접하였다. 애석한 마음을 금할 수 없었다. 현직에 그대로 있었으면 이런 변은 당하지 않았을 것 아니었을까 하는 안타까운 마음이 간절하였다.

　그리고 이틀 쯤 지나고 내 사무실로 한 통의 우편물이 배달되어 왔다. S변호사가 내게 보내는 서신이었다. 내가 내방하였을 때, 마침 출타중으로 허행을 하게 하여 미안하다는 말과, 지금 변호사로서 보람을 느끼며 열심히 일하고 있다는 내용이었다. S변호사가 출장에서 돌아와 바로 쓴 편지 같았다. 아마 S변호사가 생전에 남긴 마지막 글이 아니었나 싶었다.

　이런 사정들은 당사자들이 미리 다가올 일을 사전에 예측하지 못하는 데서 우리들을 당혹스럽게 한다. 살아가면서 미리 해 두어야 할 일이 있다는 것을 생각하게 하는 경우가 되겠다.

　가끔 영결식장에 참석하는 일이 있다. 그런 경우 고인의 친구나 지인보다는 상주를 보고 온 조문객이 다수를 이루고 있다.

　옛말에 「정승 집 말 죽은 데는 상문 객이 있어도 정승 죽은 데는 없다」는 말이 있다. 세상 인심을 두고 하는 말일 것이다. 영결식이 끝나고 며칠 후 상주명의로 된 인사장이 배달된다. 그 인사장에는 판에 박은 몇 줄의 사례 인사말이 전부다. 그렇게 하여서 한 사람의 생애가 마감되는 것이다.

　나는 이런 생각을 해본다. 가령 내 장례식장에는 나를 평소에 잘 알고 진실로 나의 가는 길을 배웅해 줄 사람이면 그 수의 많고 적음을 개의하지 않아야 한다고. 생업에 바쁜 여러 사람에게 시간을 내게 하고 때로는 나의 부음을 듣고 마음 내키지 않는 걸음을 하는 조문객을 있게 하여서는 안 되겠다고. 물론 그렇게 하려면 생전에 자신의 영결식에 대비한 뜻이 담긴 글을 남겨두는 것이 좋겠다 싶다. 꼭 알려야 할 사람과 평소 마음의 빚이라도 진 일이 있으면 상주에게 미리 알려두어서 조문을 온 그 분에게 고인의 뜻이 전달되도록 하면 얼마나 값진 기억을 전하는 일이 되겠는가.

　장례식 후의 인사장도 고인의 육필(肉筆)이 담긴 글을 인사장에 같이 동봉하여 보낼 수 있다면 뜻이 더 있을 것 같다. 이러한 제반 준비는 스스로 마음의 정리가 된 후에야만 가능하리라 생각한다. 공수래 공수거(空手來空手去)라 했다. 입고 가는 수의(壽衣)에는 주머니가 없다. 이승에서 가져갈 아무것도 없는데 무슨 주머니가 있어야 한단 말인가. 그리고 유서도 미리 써두는 것이 좋겠다. 사람이 유서를 쓸 때에는 진실해진다. 진실한 내용의 유서는 남겨진 재산을 분할하면서 유족들 간에 다툼이 일어나는 것을 사전에 막을 수 있을 것이다. 생전에 그 다툼이 없도록 미리 정리해 두는 것을 고인의 당연한 임무라고 생각하는 것이 좋을 것 같다. 방법으로는 유언으로 자필증서(自筆證書), 녹음(錄音), 공정증서(公正證書), 비밀증서(秘密證書)로 할 수 있을 것이고, 사정이 여의치 못하여 미처 준비가 안 되었을 경우에는 구수증서(口授證書)로도 가능하리라 생각한다.

　한 생애를 마감하면서, 살아온 지난날을 뒤돌아보고, 해결 안 된 일이 없도록 정리를 하고 간다는 것이 얼마나 마음 홀가분한 일이 되겠는가. 그리고 언제라도 앉았던 자리를 훌훌 털고 일어나는 그런 마음으로 갈 수 있다면 이 또한 이승에서 복(福)을 짓고 가는 것 아니겠는가.

제2부_ 연착륙의 지혜

| 경쟁사회(競爭社會) |

　며칠 전 여름철이면 한 번씩은 꼭 찾는 경북 청도에 있는 학심이 골 산행을 하였다. 같은 일행 중에서 교직에 있는 L선생이 현행 교육제도가 잘못되어 있다면서 열을 올렸다. 학생들이 교육평준화 제도하에서 상대적 평가를 받게 되다 보니 학생들 간에 경쟁이 심각한 상황에 와 있다는 이야기가 요지였다.

　예를 들면 전체 인원의 3퍼센트 이내가 1등급을 받는다. 그런데 같은 점수대의 학생 수가 3퍼센트를 초과하면 해당되는 전원이 2등급으로 하향 조정이 된다. 그래서 자기 등급을 유지하기 위하여서는 서로 견제하고 경쟁을 하지 않을 수 없다는 설명이었다. 옛날처럼 서로 토론하면서 문제를 풀고, 시험출제 예상문제에 대한 정보를 상호교환 하는 등 서로에게 학습 효과가 향상되는 분위기는 이제는 아예 생각도 못한다 했다. 이런 삭막한 교육환경에서 성장한 이 애들이 맞게 되는 다음 세대의 사회가 얼마나 살벌하겠느냐는 걱정까지 하였다.

　일행 중에 간호원으로 근무하는 미스 B가 이 말을 받아서 종합병원의 전문의들 간에도 유사한 경향이 있다 했다. 자기 실적을 높이기 위하여 자기가 관리하는 병력(病歷) 자료에 대하여는 의사들 상호간에도 정보 교환을 잘 하지 않는다. 이런 경우가 개인병원 개원을 염두에 두고 있는 중견 의사들에게서 특히 심하다 했다. 결국 환자는 바른 정보에 의한 전문의의 적절한 진료를 받기가 점점 어려워지고 있다는 말이 되겠다. 이런 경우를 지나친 경쟁의식에서 오는 부작용이라고도 할 수 있을 것 같다.

　가장 건전하게 경쟁을 해야 할 스포츠 분야에서도 지나친 경쟁심리가 잘못 비뚤어진 양상으로 드러나고 있다. 그 예로써 부정 선수를 출전시키는 경우나, 금지된 약물을 복용케 하는 등 정당하지 못한 방법으로 경쟁을 하고 있다는 것은 우리가 익히 아는 바다.

　오늘이 마침 전 국민의 초미의 관심이 집중되어 온 야당인 H당의 대통령 후보 경선의 날이다. 조금 전에 결과가 발표되었다. 그동안 경선과정에서 치열한 경쟁을 한 것은 전 국민이 잘 아는 바다. 그러한 상황에서 경선 결과에 대하여 패자가 깨끗이 승복한다는 연설이 있었다. 국민은 승자보다 승복하는 패자에게 박수를 아낌없이 보내는 것 같다. 경선 후에 오게 될 후유증을 국민들은 걱정했다. 그런 국민에게 이번 패자의 승복 연설은 경선 과정의 치열한 경쟁이 한 폭의 아름다운 드라마로 보여지게 하였다.
　선의의 경쟁은 치열할수록 그 결과는 더 아름다운 것이다. 앞으로 우리 정치가 이번 경선 과정을 통하여 보여준 성숙된 모습을 그대로 잃지 않기를 바라는 마음 간절하다. 경쟁하고 있는 현대 사회에 의식의 전환을 가져오는 계기가 되었으면 한다.

선의의 경쟁은 필요하다. 경쟁 없는 사회는 발전을 기대할 수 없다. 그러나 경쟁은 정당한 방법에 의한 경쟁이어야 한다. 그 정신은 먼저 교육에서부터 뿌리가 내려야 한다. 교육은 그래서 나라의 백년지대계(百年之大計)라 하는 것 아닌가!

66

| 학력시비(學歷是非) |

아파트의 입주 예정자들이 건설회사를 상대로 분양시 과대광고를 문제 삼고 있다. 건설회사의 입장에서 분양률을 높이려다 보니 좀 과대광고를 한 것 같다. 원인은 부실공사다. 포장된 물건을 사 보면 내용물에 비교하여 포장이 지나치게 과장되었다 싶은 경우가 더러 있다. 특히 우편으로 배달된 상품을 받았을 때 더욱 그렇다. 과대포장을 한 것이다.

최근 매스컴을 통하여 학력시비가 계속 문제가 되고 있다. 학력이 허위다, 학위가 사실이 아니다 하는 내용이 주류를 이루고 있다. 말하자면 사람에 대한 평가가 과대포장이 되고 있다는 말이 되겠다. 그러나 달리 인품을 측정할 공인된 별도의 기준이 없다는 데 문제가 있다.

사람에 대한 평가는 지금 매스컴에서 문제가 되고 있는 단순히 학력이나 학위가 전부가 아닌 것은 물론이다. 내용물이라 할 수 있는 경륜과 학력, 인격, 지식의 총체인 인품의 함량을 측정하는 방법이 강구되어야 옳을 것 같다.

얼마 전 D대학교에서 극작가이자 연극 연출가로 명성을 쌓은 고졸(高卒) 출신 서울예술단 대표감독 L씨를 동 대학의 예술대학 교수로 채용한 데 대하여 여론은 긍정적으로 평가하고 있는 것 같다. 객관적으로 입증이 어려워 그렇지 반드시 대학 졸업 이상의 학력과 학위의 소지자가 아니면 대학교수가 될 수 없다는 경직된 사고는 이제는 지양되어야 할 때가 왔다고 생각한다.

지금 사회 각 분야가 이 문제로 전전긍긍하는 것 같다. 마치 물방울이 튕겨지면서 그 떨어진 자국마다 번져 나가듯이 허위 학력, 허위 학위 문제가 교육 분야에서 시작되어 미술, 연극, 영화, 방송 등 문화계 전분야로 번지다가 이제는 심지어 종교 분야로까지 걷잡을 수 없이 확산 일로에 있다.

특히 대학의 교수직에 있어서는 더 심각한 모양이다. 외국의 학위 논문을 관장하는 어느 기관에서 최근 5년간 관리하고 있는 자료에 의하면, 외국에서 취득한 학위 논문 중 인증이 안 되는 대학으로부터 받은 석 · 박사의 논문이 16퍼센트나 된다는 내용의 보고서가 있다는 말을 들었다.

학력에 대한 콤플렉스는 평생을 따라다닌다. 어쩌다가 면학의 시기를 놓치고 뒤늦게 학업을 성취하는 경우를 우리는 왕왕 보게 된다. 존경스러움을 금할 수가 없다. 그런가 하면 드러난 학력에 연연하지 않고 자기의 전문분야에서 실력을 연마하여 내실이 꽉 찬 사람도 있다. 더욱 존경받아야 할 사람이다.

나는 서봉(西峰) 김사달(金思達) 박사를 존경한다. 최종학력은 당시 심상소학교(尋常小學校) 졸업이 전부다. 지금의 초등학교 과정으로 알고 있다. 서봉 김사달 박사는 교원검정, 대학검정고시를 거쳐 의사 국가고시에 합격한 분으로 의학박사이며, 국전 추천작가로 서예·서화에 있어서도 당대에 이름을 떨친 분이다. 박사를 생각할때는 나는 시골집 뜨락에 서 있는 한 그루 석류나무를 연상한다. 가지가 휘어지게 달린 석류 열매는 영롱한 낱알들이 스스로 영글어서 마치 지혜가 충만하게 꽉 찬 인격처럼 보여서다. 박사의 알찬 인생을 생각하게 하는 것이다.

허위 학력과 학위를 간판으로 현대를 살아가고 있는 사람들을 보면서 김사달 박사가 살아 계셨으면 오늘의 이런 사회 상황을 어떻게 생각하실까. 진(眞) 위(僞)가 구별이 안 되는 혼돈의 세상을 안 보시고 일찍 타계하신 것을 다행스럽다고 자위하고 계시지는 않으실런지.

부끄러운 이야기지만 나는 대학 교육을 이수하지 못했다. 고교 졸업한 지 2년 쯤 후 군에 입대하여 신상명세서를 작성하는 데 고등학교 졸업이라고 하려니 어쩐지 부끄러웠다. 대학 재학중이라고 쓸려니 그 시기는 재학중 입영하는 사병은 학보병으로 별도로 분류가 되었기 때문에 그렇게는 기재할 수가 없었다. 그래서 어느 지방대학의 1년 중퇴라고 하였다. 이것이 내가 평생을 살아오는 동안에 학력을 허위 기재한 처음이자 마지막 일이다. 지금 생각하면 공연한 짓을 했다는 생각이 든다. 아마 내가 허위 기재한 학력사항이 그때 육군본부의 사병 학력 통계가 있었으면 그 자료가 되었을 것이다.

내가 공무원으로 있을 때 대학출신자, 특히 대학의 해당 전공과목 이수자에 대하여 인사 평정 시 가산제도가 있었다. 그래서 나는 항상 승진 평점을 받으면서 불이익을 당했다고 생각한다. 지금은 그런 기준이 없어졌다고 알고 있다. 잘 된 개선이라고 생각한다.

그런데도 나는 대학과정을 뒤늦게나마 마쳐 보려는 생각도 없었고, 그렇다고 내가 종사하는 분야에서 실력을 쌓아 보려는 노력도 하지 않았다. 어영부영 그렇게 살아 온 사람이다. 이제 고희를 넘긴 이 나이에 뒤를 돌아보면 한심스럽다는 생각 밖에 없다.

나는 지금은 전문직으로 일하고 있다. 이제는 학력 콤플렉스를 받을 이유가 없을 터인데도 실은 그렇지만도 않다. 얼마 전에 어느 기관으로부터 내가 종사하고 있는 업무와 관련된 부문사업의 위원 위촉을 받으면서 신상명세서를 작성해야 했다. 학력사항을 기재할 때마다 꼭 아픈 데가 건드려지는 기분이다. 아마 살아 있는 동안 그 콤플렉스는 영원히 나를 따라 다닐 모양이다. 내가 죽은 후 고인의 약력사항으로 저승으로까지 가져가야 될는지도 모를 일이다.

한때는 각 대학의 대학원 최고위과정이라는 그럴 싸한 이름의 수강생 모집 광고를 보고 솔깃한 적도 있었다. 그러나 이내 마음을 고쳐 먹었다. 그런 학력의 간판은 나 같은 사람보다 더 필요로 하는 사람들이 따로 있을 것이라는 생각이 들어서였다.

이제는 정직하고 진실이 통하는 사회가 되어야 한다는 생각을 한다. 일시적으로는 사회를 속이고 타인을 속일 수는 있을지 몰라도 자기 자신을 속일 수는 없는 법이다. 자신을 속인다는 것은 손바닥으로 하늘을 가리려는 것이나 다를 바 없는 일, 하늘이 무서운 줄 아는 세상이 되기를 이 며칠 매스컴을 접하면서 마음 속으로 깊이 생각하게 되었다. 하늘은 무서운 법이다.

| 연착륙(軟着陸)의 지혜 |

평론가 L씨가 계간 문예지 『지구문학』(2007년 여름호) '대표시 감상'에서 하늘에 떠서 먹이를 조준하는 미동(微動)도 않는 매(鷹)의 눈빛과, 화선지를 응시(凝視)하면서 손에 쥔 붓끝이 찍으려는 일필휘지(一筆揮之)를 절묘한 대조라고 평을 하였다.

나는 거기에 항공기의 기체 이상으로 연착륙(軟着陸)을 시도하는 조종사의 눈빛(眼光)을 비교 연상해 본다. 불시착(不時着)을 하지 않을 수 없는 상황에서, 전방을 응시하는 조종사의 눈에서는 금방이라도 불을 내뿜을 듯 핏발이 섰을 것이다. 앞서 예를 든 먹이를 조준하는 매(鷹)의 눈이나, 붓을 쥐고 화선지를 응시하는 눈빛보다 더 처절하였으면 처절하였지 결코 덜하지 않았을 것이라는 생각을 하게 한다.

원래 연착륙이란 사전적 어원(語原)은 지구에서 발사한 우주선을 지구나 달 등의 천체에 속도를 늦추어서 충격 없이 안전하게 착륙시키는 과정의 의미에 연유를 두고 있다. 그렇던 것이 기상조건이나 인위적인 원인 등으로 항공기 사고가 빈번한 현대에 와서는 항공기를 안전하게 착륙시키려는 조종사의 착륙 시도가 이제 흔하게 있는 일이 되면서, 연착륙의 어휘도 사고 항공기의 안전한 착륙을 위한 과정으로 그 의미가 변질이 되고 있다.

이런 연착륙이 지금은 사회학적인 분야로까지 광범위하게 쓰여지는 것 같다. 가령 어떤 제도의 개혁이나 개선에 따른 새로운 사상이나, 개정된 법령의 시행에서 연착륙이라는 개념이 기존의 조건이나 기득권과의 마찰 없이 무난히 정착이 되는 과정으로 이해되고 있는 것이다.

나는 기업을 하다가 부도를 내고, 파산을 하는 등의 사정에서 업무상 상담을 해오는 경우를 종종 접하게 된다. 기업 경영이란 항상 잘 되어가는 것만은 아니다. 뜻하지 아니 한 사정으로 기업이 어려워지고, 회복될 가망이 없는 상황에서도 설마 어떻게 되어지겠지 하는 안이한 생각만으로 계속하여 영업을 하는 경우를 우리 주변에서 많이 보게 된다. 이런 경우가 끝내는 부도를 내게 되며, 그로 인하여 종업원을 비롯한 연계된 주위의 많은 사람들에게 일시에 큰 피해를 입히게 되는 결과를 가져오는 것이다.

위의 상황이 바로 비행중인 항공기가 불시착을 해야 할 상황에서 연착륙을 시도하지 않고 만연히 비행을 계속하다가 큰 사고를 내게 되는 경우와 다를 바 없다고 나는 생각한다. 여러 상황에서 그 기업이 회복될 가망이 없다고 판단되면, 그 기업을 가능한 한 빠른 시간 내에 정리하는 단안을 내려야 한다. 항공기로 말하면 불시착을 위한 연착륙을 시도해야 한다는 의미다.

나도 법무사 법인을 설립하여 운영한 일이 있었다. 전문직종의 특수법인이었는데, 법인을 설립하고 10년 쯤 지났으나 경영이 호전되지 아니 하고 호전될 전망도 보이지 않았다. 계속 그대로 운영하다가는 적자를 면할 수 없는 사정이 되겠다고 판단되어 결국 우리 구성원 전원은 법인을 해산하는 외에 다른 방법이 없다는 결론을 내리기에 이르렀다.

구체적으로 해산 절차를 밟으면서, 우선 고(高) 임금 사무원부터 해고 정리를 하였다. 비행중인 항공기가 적재한 화물을 줄이고, 고도를 낮추는 과정이라 할 수 있는 일을 하기 시작한 것이다. 구성원들에게는 이익금 배당은 없었지만 출자한 금액은 전액 환급하였고, 임직원 전원에게 퇴직금 지급도 완료하였다. 거래처는 물론 여타 개인에게도 전연 부채가 없는 상태에서 청산을 마친 것이다. 말하자면 기업 정리를 하여서 연착륙을 시킨 셈이다.

현대사회는 물질문명에서 눈부신 발전을 하고 있다. 거기다가 문화의 다양성으로 사회제도가 다방면에서 끊임없이 변천을 한다. 기존의 질서는 새로운 사고와 질서의 유입으로 인하여 도처에서 마찰과 갈등을 빚고 있다. 말하자면 새로운 사고와 질서가 연착륙을 못하고 충돌한다는 의미라 하겠다. 새로운 사고와 질서는 기존의 사고와 질서를 인정하는 기조 위에서, 그리고 기존의 질서도 기득권에 지나치게 연연해서는 안 된다고 생각한다.

역지사지(易地思之)의 입장에서 서로가 포용하고 융화되는 조화가 필요한 시대에 우리는 살고 있는 것이다. 물질과 정신문화의 발달도 새로운 기술과 사고가 연착륙하는 풍토에서 비로소 가능한 일이 아닐까 생각해 보게 하는 시대가 아닌가 한다. 연착륙의 지혜가 필요한 시대라고 하겠다.

| 계륵(鷄肋)을 버릴 수 있는 용기 |

계륵(鷄肋)이라 하면 먼저 조조(曹操)를 생각하게 한다. 조조가 한중(漢中)을 차지하기 위하여 유비(劉備)와 대전(對戰)을 할 때의 이야기다. 조조에게 전황(戰況)이 결코 유리하지 못한 상황이었다. 그런 어느 날 조조는 진중(陣中)에서 저녁상으로 닭갈비탕(鷄肋湯)을 받았다. 원래 닭갈비는 먹을 것이 없고, 그렇다고 버리기에는 아까운 그런 음식이다. 조조가 저녁상으로 받아 앞에 놓고 있는 닭갈비(鷄肋)를 보면서, 무심중에 군중 암호(暗號)를 계륵으로 하라 명령하였다. 당시 조조에게 한중은 계륵과 같은 존재였다. 눈치 빠른 주부(主簿) 양수(楊修)가 조조의 심중을 헤아려서, 머지 않아 철군명령이 있을 것이라 했다는 일화에서 비롯되고 있는 말이다.

나는 대기업에 호감을 가지지 못한다. 그렇다고 대기업을 상대로 투쟁하는 노조 세력에 대하여도 좋게 생각을 하지 않는다. 대기업에는 무수한 중소 하청업체가 딸려 있다. 그 중소 하청업체는 하청을 받아서 각자가 그 나름의 작은 기업을 경영한다.

　나는 이윤추구를 목적으로 하는 기업의 이익을 계륵에 비유하여 생각해 보고자 한다. 계륵을 두고 말하자면, 조조처럼 전황에 따라서는 한중을 포기할 수도 있는 소위 배부른 기업 경영을 하는 경우가 있는가 하면, 비록 기업의 이윤이 보잘것이 없어도 어쩔 수 없이 거기에 매달리지 않으면 안 되는 중소기업의 경우도 있다. 대기업은 하청업체의 기업 이윤을 흡혈(吸血)하여서, 자기 몸을 불려오고 있는 것이 오늘날 기업경제의 현실이다. 하청 중소기업은 그런 대기업에 매달려서 죽지 못하고 생존을 해야 한다. 중소기업에는 또 더 작은 규모의 소기업을 매달고 있는 경우도 있다. 마치 먹이사슬에 얽혀서 서로가 생존하는 자연법칙 그대로다.

　대기업은 경영의 합리화니, 구조조정이니 하는 그때그때의 상황에 따른 각종 명분을 내세워 하청업체의 기업 이윤을 삭감시키고 있다. 그 과정에서 하청업체의 기업 이윤은 빈약해질 대로 빈약해진다. 이러한 사정이 바로 우리가 일상으로 말하는 계륵의 의미로 비유된다고 하겠다.

　이러한 대기업을 상대로 세력화된 노조가 대항을 한다고 했을 때, 그것은 얼마나 대단하고 갈채를 받아야 할 바이겠는가. 정말 속이 후련한 일이다. 그런데 그 노조가 자신들의 기득권을 위하여 중소기업의 기업 이윤을 갉아먹는 또 하나의 사회구조가 되고 있으니 그 점이 문제다. 결과적으로 그렇다는 말이다.

　두 대립한 세력은 어느 시점에서는 결국 타협을 하기 마련이다. 대기업은 양보한 손실 상당 부분을 하청업체의 발주 단가에다가 반영시킨다. 결국 하청업체의 입장에서 보면 대기업이 노사협의 과정에서 양보한 기업 이윤의 손실액 상당부분을 떠안게 된다는 말이다. 이윤이 줄어들어도 하청업체의 입장에서는 선택권이 없다. 다른 대안이 없기 때문이다. 그런 점을 처음부터 알고 있는 대기업은 그 때마다 적절한 명분을 내세워 기업 경영의 당연한 조치로써 조정을 하는 것이다.

내가 법무사라는 전문직 업을 하고 있는 지도 어언 20년이 넘었다. 오래 전부터 정부 출자기관인 S금융회사의 채권관리 업무를 계약에 의하여 위임받아 대행하고 있다. S금융회사는 외환위기 이후 막대한 공적자금이 투입된 국영기업체다. 감사기관으로부터 국영기업체들이 내부적으로 임직원들에게 과다하게 대우를 하는 등 방만한 경영을 한다는 점이 지적되고 있다. S금융도 예외가 아닌 줄 안다. 그 S금융이 경영을 합리화 시킨다는 명분으로 가장 쉬운 방법인 계약자와 간의 위임수수료를 대폭 삭감하였다. 우리 협회의 수수료 규정은 처음부터 전혀 고려되지 않은 일방적인 조치였다.

이렇게 하여서 S금융과의 계약은 이윤이 남지 않는 영업, 즉 수수료 수입금은 먹을 것이 없는 계륵이 되어 버렸다. 그래도 내 입장에서는 달리 방법이 있을 수 없었다. 직원 인건비와 사무실 유지비만 나오면 그대로 울며 겨자 먹기식으로라도 계속하지 않을 수 없는 것이 오늘날 우리 업계의 현실이기도 하기 때문이다. 이러한 사정이 대기업에 하청을 받아 경영을 하는 오늘의 많은 중소기업체 특히 영세사업자의 현주소이기도 하다.

도하 신문에 오늘도 대기업인 H기업의 노조가 노사분규를 하고 있다. 나는 생각한다. 이번 분규로 인하여 H기업에 따라 있는 많은 하청 중소기업들이 또 얼마나 어려움을 겪게 될 것인가 하고.

가상(假想)하여, 하청 중소기업체와 그 종업원들이 대기업을 상대로 기업 이윤을 되돌려 달라면서 길거리로 나온다면, 나도 두 팔을 힘껏 펼치고 길거리로 뛰어나가겠다. 계속 이런 조건에서는 하청을 받아 일하지 않겠다고 그들의 앞에 서서 나도 중소사업자로서 힘차게 우리들의 요구를 주장하겠다. 우리들에게도 계륵을 선택할 수 있는 그런 날이 오기를 기대해 본다.

　나는 얼마 전 S금융회사와 간의 20년 이상을 해 오던 채권 수임업무 계약을 끝내 해지통고를 하였다. 용기 있는 단안이 아니라, 더 이상 버틸 수가 없어서 어쩔 수 없는 선택이었다는 것이 나의 솔직한 심경이라고 해야 하겠다.

| 인연과 흔적 |

　우리가 일상으로 말하는 인연은 좋은 의미의 인연을 의미한다. 그 반대되는 인연을 우리는 악연(惡緣)이라고 말한다. 좋건 나쁘건 인연에는 흔적이 따르기 마련이다. 그 흔적에는 아름다운 기억으로 우리를 오래도록 즐겁고 기쁘게 하는 흔적이 있는가 하면, 빨리 지워 버리고 싶은 나쁜 기억의 흔적도 있다.

　얼마 전에 인연에 대하여 글을 쓰면서 사람과 사람이 만나는 작은 하나하나의 사실도 전생에 인연이 있었기 때문이라는 생각을 문득 하게 되었다. 불가에서 옷깃만 스쳐도 인연이 있어서라 하는 말도, 이 전생의 인연을 두고 하는 말이 아닌가 한다. 그래서 인연은 전생에서부터 유래가 되고 있다는 말로 일컬어지는 것인 가도 싶다.

　우리는 부부의 연(緣)을 전생에 인연이 있어서라고 한다. 그 부부의 연이 만나지 않았어야 할 사람들이 부부가 되어 불행한 결과가 되었을 때에는, 두 사람이 전생에 인연이 없는데 만난 거라고 말하기도 한다.

더 좋았을 것이라 생각되는 사람과는 서로가 인연이 안 닿아 일찍이 못 만난 것을 못내 아쉬워하기도 한다. 인연은 우리가 일생을 살아가면서 소중한 만남을 가져다주기도 하고, 때로는 안 만나야 할 사람 사이에는 악연이 되기도 한다.

현실적으로 나타나는 가령 어릴 때에 마마(천연두, 天然痘)를 앓았다거나, 중년에 바람(中風)이 지나간 경우, 질병으로 인하여 수술을 하게 되었거나, 상처로 인하여서 그것이 평생을 두고 신체의 일부분에 흔적으로 남아 있을 수도 있다. 이런 유형도 넓은 의미에서는 다 인연으로 인한 흔적이라고 말할 수도 있을 것이다.

그 인연들이 모여서 한 사람의 일상의 생활이 되고, 그 일상 생활의 연결이 더 나아가 한 사람 한 사람의 생애를 이루게 되는 것이라는 생각을 해 본다. 그렇게 보면 우리의 한 생애는 인연의 연속이라고도 할 수 있을 것 같다.

그리고 그 인연은 위에서 말했듯이 반드시 흔적을 남게 하는 것이다. 악연의 흔적이 때로는 범죄의 단서가 되기도 한다. 그래서 왕왕 범죄인들은 완전 범죄를 목적으로 흔적을 지우기 위하여 악랄한 수법을 자행하기도 한다.

그 흔적이라는 것이 꼭 드러나는 현상(現象)으로 눈으로 볼 수 있고, 손으로 만져지거나 느껴져서의 흔적만을 의미하는 것만은 결코 아니다. 사람의 마음 속에서 응어리로 남게 하는 흔적도 있다. 이런 유형의 흔적은 보이지도 않으며, 다른 사람이 감지(感知)할 수도 없는 것이다.

언어의 폭력에 의하여 상대편의 가슴에 멍을 들게 하는 경우를 생각할 수 있다. 억울한 말을 듣게 하여서, 오래도록 그 기억을 마음 속에서 지워 버리지 못하게 되었다면 바로 이 경우가 될 것이다.

그래서 우리가 일상의 생활을 하면서, 대화 중에 예사로 내뱉은 말 한 마디가 상대편에게 큰 충격을 줄 수도 있다. 언어가 가져오는 무서운 결과다. 바로 촌철살인(寸鐵殺人)이다. 그리고 그 흔적은 오랫동안을, 때로는 평생을 가슴에 응어리로 남아서 그 사람으로 하여금 그 멍에에서 벗어나지를 못하고, 괴롭힘을 당하게 할 수도 있을 것이다.

이처럼 살아가면서 우리가 예사로이 하는 일상의 말 한 마디가 좋은 방향(芳香)으로 상대편을 즐겁게도 하고, 행복하게 하는가 하면, 삭여지지 않는 응어리로 남아있게 하여서 불행하게 할 수도 있는 것이다. 좋은 인연은 좋은 말을 남기게 되고, 좋은 흔적으로 자신을 행복하게 하고, 상대편도 즐겁게 하는 것이다. 그래서 가까운 사이일수록 늘 좋은 분위기의 대화를 일상 생활화 해야 하겠다.

얼마 전에 사회명사 두 분의 대담을 녹취한 글을 읽으면서, 깊은 감명을 받은 바가 있다. 두 분은 시종 따뜻한 대화를 나누었다. 두 분은 부부의 연이 다 좋다고 하였다. 두 분은 다시 태어난다 해도 지금의 부부의 연(緣)을 다시 만나고 싶다고도 하였다.

그 두 분의 이야기가 나를 감동케 하였다. 새삼스럽게도 같이 살아오고 있는 아내가 내게 소중한 사람이라는 생각을 하게 한 것이다. 좋은 인연의 흔적은 다른 사람들에게까지 좋은 인연으로 전이(轉移)되게 하는 촉매제(觸媒劑)가 된다는 생각을 하게 하였다. 좋은 인연은 세상을 밝게 하고 행복하게 한다.

| 악보(樂譜)는 없어도 |

   지난해(병술년, 丙戌年) 정초에 아내가 불교 합창단을 따라 강원도 어느 사찰을 다녀오면서, 그 절의 노스님으로부터 글 한 폭을 받아 왔다.

   "무현탄 출 무생악(無絃彈 出 無生樂)하니 불속궁상 격조신(不屬宮商 格調新)"이라는 글귀다. 원래 한학에 천박하여서, 그 깊은 의미에는 도저히 접근할 수가 없었다. "줄 없는 거문고로 무생악을 연주하니, 궁상에 속하지 않아도, 그 음률의 격조가 새롭더라"는 직역으로 유치하나마 내 나름의 해석을 달아 보았다. 궁상이 동양음악의 음률의 기본인 궁상각치우(宮商角徵羽)로서, 그 5음의 머리표기라 한다면, 위 글귀는 정형의 악보나 음률에 속하지 아니 하면서도, 더 한차원 높은 경지에 이른 음악을 일컬음이 아닌가 생각하게 한다. 세속의 음악도 이해하지 못하는 내 처지에서는 아무리 음미하려 해도 감히 넘보지 못할 경지라서 안타까울 따름이다.

이러던 차에 얼마 전에 K군을 우연히 길에서 만나 책방에 따라 들어가게 되었다. K군이 《조선조 지식인의 내면(內面) 읽기》를 엮은 책을 고르면서, 나보고도 같이 읽어보자며 한 권을 더 사는 것이다.

조선조 중후기의 학자로 분류되는 젊은 선비들의 일기체 내면 생활상을 소재로 한 내용으로 책을 손에 쥐자 놓지 못하고, 시간 가는 줄을 모르고 탐독했다.

담헌 홍대용(潭軒 洪大容, 1731~1783)이 거처하는 남산 아래 유춘오(留春塢, 봄이 머무는 언덕을 의미)에서 어느 한 여름 밤 마음 맞는 벗들이 모였다. 좋은 술이 얼큰해지자, 저마다의 악기를 들고, 악보도 없이 가락을 맞춘다. 홍대용은 가야금을 앞에 놓고, 홍경성(洪景性)은 거문고를 잡았다. 이한진(李漢鎭)은 퉁소를 소매에서 꺼내고, 김억(金檍)은 서양금을 당긴다. 유학중(兪學中)은 노래를 불렀다. 표정을 살피지 않고도 서로의 마음을 읽는다. 한 음이 올라가면, 다른 음은 내려가고, 음절이 팽팽하면 늦추고, 늘어지면 당긴다. 여러 악기가 한 데 어우러진다. 뜨락의 밤은 깊고 고요한데, 지는 꽃잎은 섬돌에 가득하다. 궁성(宮聲)과 우성(羽聲)이 번갈아 갈마드니 곡조는 바야흐로 그윽하고 절묘한 경지로 접어든다. 이를 일러서 바로 관현악의 연주회라 할 것이다. 신선놀음의 청아한 흥취가 여기가 아니고 또 어디에 있으랴!

이 지경이 바로 '불속궁상 격조신'(不屬宮商 格調新)이 아닌가. 악기의 화(和)와 합(合)이 악보에 의한 지휘를 기다리지 아니 하고, 마음과 마음으로 서로 느끼면서, 연주하고 있지를 않는가. 대저 진정한 음악이란 마음에서 우러나는 음률을 이르는 것이지, 반드시 악보의 곡을 따라야 하고 음률이 있어서 그 격에 꼭 맞추어야 하는 것은 아니라 할 것인저.

홍이 있으면 노래가 절로 나오고, 가락이 있으면 춤이 따르는 것, 그게 바로 음악이려니. 우리의 지나간 날의 옛 선비들의 풍류와 멋을 바로 이런 데서 찾게 되는 것이 아니겠는가. 얼마나 훌륭한 관현악의 연주회라 해야 할 것인가!

산수 좋은 경치에는 반드시 날아갈 듯 자리잡고 앉은 정자를 만나게 된다. 지난날 우리의 풍류를 아는 옛 선비들이 아마도 이런 정자에서 음풍농월(吟風弄月)을 즐겼을 것이다. 거기에는 시(詩)가 있고, 거문고가 있고, 청아한 소리가 있었을 것이다. 아마도 지금처럼 악보를 앞에 놓고, 그 악보에 맞추어서 거문고를 타고, 노래를 불러야 하지는 않았을 것 아닌가 싶다.

줄(絃)이 없는 거문고에 소리가 없는 음악으로, 세속의 정률(定律)의 악보에 의한 연주보다 더 격이 높은 음악을 즐길 수 있다는 것이, 바로 이 글귀의 뜻이라 하고, 이 경지를 일러서 참 음악의 경지라 하면은 안 될까!

| 상속 이야기들 |

바로 얼마 전에 내방객으로부터 들은 이야기다. 부친상을 치르고 혼자 된 어머니를 그녀가 모셔왔다고 한다. 그녀는 남편을 사별하고 아들은 외지에 나가 있어서 단출하다. 그 때문인 것 같았다. 치매중세가 오고 있는 혼자 된 어머니를 누가 모시느냐를 놓고 장례를 치르고 자녀들이 모두 모인 자리에서 큰 올케가 "우리가 장남으로서 병환중인 시부모님을 지금까지 모셔왔다. 앞으로 시어머니를 형제자매 분들이 의논해서 모시도록 하라." 다 같은 자식이고 부모 유산 상속도 다 똑 같은 비율로 받지 않느냐는 뜻이 담긴 말인 것 같았다 한다. 그 자리의 6남매가 모두 꿀 먹은 벙어리가 되었다. 큰 올케의 그 말에 누구 하나 감히 입을 열지를 못했다는 것이다. 그러면서 눈들이 혼자 단출하게 사는 자기를 보는 것 같았다 했다. 결국 이 혼자 된 딸이 자세한 말은 안 하였지만 다른 형제 자매가 매월 얼마씩을 부담하는 조건으로 모시기로 한 것 같았다. 결국 부모를 봉양하는 것도 이제는 계산이 따라야 되는 세상이 되었나 싶다.

　다른 이야기 하나. 일찍 어머니가 돌아가셨다. 새 어머니를 맞이하게 되었고, 새로 만난 부모님 내외분은 금슬이 좋아 잘 지내셨다 한다. 새 어머니께서는 전처의 소생으로 하나뿐인 자기를 친 자식처럼 잘 거두어 주셨다. 몇 해 전에 아버지가 돌아가셨을 때 두 분이 사시던 조그마한 아파트 명의를 서슴없이 이 어머니 명의로 해 드렸다. 그리고 바로 얼마 전에 그 어머니가 돌아가셨다. 그런데 그 어머니 명의의 아파트를 유일한 상속자인 줄 알았던 자기가 상속을 못 받게 될 딱한 사정이 되었다는 이야기다.

　사연인즉, 그 어머니가 아버지와 재혼하기 전에 전 남편과의 사이에 출생한 자녀가 전 호적부 상에 등재되어 있었는데 그 자녀가 그 어머니 명의의 아파트 상속인이라는 것이다. 여자의 상속분 재산은 그 여자가 낳은 친자식에게로 돌아간다는 현행 상속법 때문이다. 그 전 남편의 자녀가 지금 어디에 사는지, 아니 그런 자녀가 있었는지조차 몰랐다 한다. 그 상속재산이 경기도 과천시 어디에 있는 시가 십수 억원이나 되는 재산이라고 하는데.

　호주제도와 연관해서 상속 배분에 대하여도 짚어 보아야 할 문제라고 생각한다. 의용민법(依用民法)의 장자 단독상속에서, 구민법에 와서는 장자에 대한 우대가 그나마도 조금은 있었는데, 현행 민법에서는 배우자를 제외한 자녀의 상속지분이 균일하다. 그 결과가 종래의 장자의 조상봉사(祖上奉祀)와 부모 봉양의무가 소홀해지는 이유가 되고 있는 것은 아닌가 하는 생각이 들게 한다.

　요즈음 노부모를 서로 모시기를 기피하는 경향이 있다고들 한다.

조상의 제사도 형제들이 나누어 모시기도 한다는 말도 들었다. 언젠가는 출가한 딸이 친정 조상의 제사를 모신다는 말이 나올지도 모르겠다. 이번에 시행되는 가족관계등록부제도가 이런 상속제도의 비합리적인 부분까지도 이번 기회에 보완되어졌으면 하는 이루어지지 않을 허망한 기대를 가져 본다.

| 호주가 없다 |

내년부터 호적부가 가족관계등록부로 대체된다고 한다. 오랜 가족사항의 공부(公簿)가 대변혁을 하게 되는 것이다. 이제부터 호주제도가 역사의 뒤란으로 사라지고 새로운 시대사조에 따라 가족이 독립한 개인으로 공부에 등재되는 제도다. 본적이 없어지고, 등록된 주소지가 생활의 근거지로서 표시되는 시대가 오게 된 것이다.

호주제도가 무너진다는 것은 여러 면에서 우리들에게 시사하는 바가 많다. 지금까지 우리는 호주가 비록 상징적이기는 하였지만, 그 호주를 중심으로 하여 정신적으로 가족의 일원으로서 자기 자신이 존재하여 온다고 생각하였다. 그 정신적인 울타리마저 이제 허물어지는 것은 아닌지 모르겠다. 걱정스럽다.

구민법에서는 대가족제도의 광범위한 가족관계가 호적등본을 발급받아 보면 한 눈에 알 수 있었다. 할아버지의 여러 아들들이 한 호적부에 등재되었고, 그 아들들의 아들, 손자들이 순차적으로 등재되어 있어서 호적부 하나만으로도 촌수(寸數)와 친족의 범위를 금방 한 눈에 알 수 있게 되어 있었다.

효율적인 면에서는 당연히 개선이 되어야 할 사항이었다. 그 호적법이 개정되어 차남이 혼인신고와 동시에 원호적에서 독립하여 새로운 호적을 이루는 최소한의 단위로 유지되어 오다가 이번의 개정으로 그 호적부마저 없어지게 되었다. 개체단위의 핵으로 분화되어 버리는 것이 아닐까 걱정스러운 바다.

이런 호주제도의 소멸에 따른 파장이 극단적인 개인주의로 변하고, 마침내는 친족에 대한 혈육으로서의 정서마저 변화를 가져오는 결과가 된다면 이는 예삿일이 아니다. 이번에 변경되는 가족관계 등록부가 아무리 효율성과 합리성을 기초로 하였다 하더라도 그 얻는 것보다 잃는 것이 많다면 재고를 하거나 보완이 뒤따라야 함이 마땅하지 않을까.

한때 우리는 개발의 당위성만을 앞세워서 문화재를 마구 훼손한 경험이 있다. 지금 그 훼손된 문화재의 복원을 위하여 얼마나 많은 돈과 시간을 낭비하고 있는가. 단견적(短見的)인 안목에서 행한 졸속행정이 가져온 필연적인 결과라 해야 할 것이다. 이번의 호주제도의 개정이 이런 전철을 밟지 아니 하고, 타산지석(他山之石)으로 삼았으면 하는 바람을 가져본다. 내 이런 생각이 부질없는 기우(杞憂)였으면 한다.

이번의 호주제도의 폐지가 행여 다른 의도에서 연유된 것이 아니길 바란다. 가령 정치적으로나 사회적으로 다른 합목적성을 이유로 한 것이 아니었으면 하는 바람에서다. 종래의 호주제도에 담겨 면면히 이어져 오고 있는 한 할아버지의 핏줄을 나누어 타고난 혈족으로서의 가족제도의 뿌리가 이번의 조치로 결코 훼손되어서는 안 되겠다는 생각에서다.

몇 해 전에 우리 집안의 대종중에서 대동족보 편찬을 기획하였다. 그 과정에서 각 소 종중 집안마다 공통된 몇 가지 문제점이 제기되었다. 젊은 세대는 족보의 필요성을 인정하지 않는 분위기였다. 애족심이 부족한 소치도 한 이유일 것이다. 집안마다 행방불명자가 상당수 있었다. 산업사회가 되면서 거주지역의 확산과 정서적으로 근친간에도 혈육의 정이 소원해지면서 거주지 확인이 안 되어서도 원인이 되었다. 그보다 족보편찬이 지지부진한 더 큰 이유에는 족보상에 등재되는 것 자체를 대수롭잖게 생각하는 데에 있었다. 등재를 희망하지 않는다는 의미다. 지난날 족보에 등재되지 못하면 그 성(姓)을 가진 자로서 사회적으로 행세를 할 수 없다는 절체절명의 당위성이 지금은 그 어디에서도 찾아볼 수가 없다는 점이 현실이다.

이러한 상황에서 이번의 호주제도의 폐지가 지금까지의 우리 역사의 정신문화의 바탕을 훼손시키는 것은 물론 혈족간의 끈끈한 정마저도 잃게 하지나 않을까 적이 걱정되는 바다.

| 가족묘원(家族墓苑) |

명절날에 다녀오는 성묘를 지난 해부터는 다음날로 하루를 늦추었다. 명절 제사를 모시고 100킬로미터가 넘는 묘소까지를 당일에 다녀오려면, 이른 새벽부터 바쁘게 서둘러야만 된다. 그렇게 하려니, 자연 제사 모시는 데도 정성이 덜 들게 되는 것은 어쩔 수 없는 일이다. 서두르면서 길을 나서는데도 고속도로의 사정은 차량으로 붐벼서 이래저래 명절날은 힘든 하루가 되었다.

성묘를 다음날로 하루 늦추고부터는 느긋하게 제사도 모시게 되고 일가친지들과의 인사 내왕도 할 수 있어서 우선 좋다. 음식 장만하느라고 힘들었던 안식구들도 좋아했다.

명절 다음날은 고속도로도 통행차량이 명절 당일보다는 적은 편이다. 여러 해 전에 집안에서 가족묘원을 만들었다. 진주 월아산록에 약 1000평의 터에다가 11대조부터 직계(直系)는 물론 방계(傍系)까지 50여기를 집장을 하여 모시고 있다. 제일 윗대 할아버지의 묘소에 준비해 온 제물을 진설하고 명절 성묘를 한다. 그리고 언제나 하듯이 나는 가족묘원의 울타리를 따라 한 바퀴 둘러본다. 이 집안의 종손으로서 늘 하는 순서다.

원래 이 곳은 우리 조상들께서 누대로 살아오시던 터전이었다. 지금부터 120여 년 전 동학혁명을 피하여 당시 4대조께서 이곳에서 50리 떨어진 마동이라는 곳으로 일가권속을 솔가(率家)하여 터전을 옮기셨다 한다. 이후 그곳에서 100년을 살았다.

20년 전, 남강댐이 건설되면서, 정든 마을과 전답이 있는 산과 들이 모두 수몰이 되었다. 주민들은 보상금 얼마씩을 받아 손에 쥐고 낯선 타향으로 살 길을 찾아 뿔뿔이 헤어지면서 산(生) 사람들은 어디에 가서라도 다시 둥지를 틀고 살겠지만 산야에 묻혀 있는 조상의 유택(幽宅)을 어디로 옮겨야 할지가 모두들 걱정이었다.

그와 같은 연유가 오늘 우리 집안에 가족묘원이 조성되게 된 동기다. 여기 가족묘원에 세운 글 일부를 옮겨 본다.

"…(전 부분 생략)… 근년에 남강댐 공사로 그곳 조선(祖先)의 유택(幽宅)이 물에 잠기에 되었고, 월아산(月牙山) 일대에 산재한 윗 누대(累代)의 묘소는 산길이 잡초에 묻혀 성묘가 어려운 지경에 이르렀습니다. 집안이 새 묘원(墓苑)을 마련하여 집장(集葬)하기로 합의를 보고 기사년(己巳年) 말 이곳에 오십 여기 묘소의 이장(移葬)을 하게 되었습니다. …(중략)… 영명(靈明)하신 조선님들이시여! 비록 협소하고 제대로 갖추지 못한 유택이오나 평안히 영면(永眠)하시옵소서."

풍수지리(風水地理) 보다는 가족묘원의 부지를 선택하면서 볕바르고 배수(排水) 잘 되면 좋은 터라고 생각했다. 거기다가 교통편이 좋아서 자손들이 쉽게 찾을 수 있으면 그보다 더 바랄 것이 없지 않느 냐는 생각을 했다. 배산(背山)에 좌청룡(左青龍) 우백호(右白虎)는 어 느 산 아래나 산등성이를 따라 이름 지으면 되는 것 아닐까. 가족묘 원의 양쪽으로 산능선을 따라 작은 계곡물이 흐른다. 묘원 입구의 약수터는 사시사철 맑은 샘물이 바위 틈 사이로 흘러서 고여 있다. 산 안개가 끼이고 골짜기의 뻐국새 소리가 청아하다. 조용한 아침 의 우리 가족묘원의 풍경이다.

| 버려진 보리쌀 |

매일 아침 운동을 하기 위하여 집을 나선다. 그때마다 주방에서 음식물 찌꺼기 봉지를 들고 나와서 버리는 일을 이 아파트로 이사 온 후 내가 늘 해 오는 일과가 되어 있다.

그날 아침에는 쓰레기통에 먼저 버린 음식물 찌꺼기에 섞여서 보리쌀이 버려져 있었다. 제법 많은 양이다. 세상에 이럴 수가 있단 말인가! 아무리 살기가 넉넉해진 세상이라고 해도 먹을 수 있는 식량을 그대로 내다 버리다니! 경위야 어떠했던 간에 있을 수 없는 일이라는 생각이 들었다.

이 아침 나는 이런 상상을 해 본다. 시골에 계시는 노모가 갓 장가 들여서 새 살림을 차려서 내놓은 아들네 집을 다니러 왔다. 오면서 당신이 손수 농사지어 가지고 온 갖가지 잡곡 보따리에 보리쌀 한 봉지도 있었다 치자. 그 노모가 새 며느리에게 이런 당부를 하였다. "새아가 밥 지을 때 솥 밑에 보리쌀을 꼭 깔아라. 밥이 늘어난단다.

매사 절약하면서 살아가는 법을 익혀야 하느니라"고.

　그 며느리가 시어머님의 이 말씀을 그대로 따랐다면 오늘 아침에 이 보리쌀이 음식물 쓰레기통으로 버려지지는 않았을 것이다. 그 보리쌀 봉지는 그 집 주방 한 구석에서 오랫동안 방치되어 있다가 어느 날 그 며느리가 열어본다. 공기가 안 통하는 비닐봉지 안에서 아마도 그 사이에 벌레가 생기기라도 했을 것이다. 벌레집으로 보리쌀 낱알이 엉켜 있었을 것이다. 새색시는 보리밥을 해 먹을 생각은 처음부터 없었을지도 모른다. 그러니까 오늘 아침에 음식물 쓰레기통으로 버려졌을 것 아닌가! 설사 피치 못할 어떤 사정이 있었다 해도 먹을 수 있는 곡식을 쓰레기통에 내다 버린 이런 행위는 누군지는 모르지만 있을 수 없는 짓을 했다는 생각을 하게 하였다.

　6 · 25 동란 그 이듬해로 기억한다. 우리 집이 시골의 길가에 있었다. 그 때 그 신작로 길로 국민방위군 부대가 이동하고 있었다.

　아직 저녁밥을 짓기는 이른 시간이었다. 행군을 하던 방위군 복장을 한 4, 5명의 장정들이 갑자기 우리 집 마당으로 우루루 뛰어들어 왔다. 불문곡직하고 부엌으로 달려 들어가더니 마침 부엌 살강 시렁에 걸어둔 삶은 보리쌀 바구니를 나꿔채어 들고 나와서 손으로 마구 퍼 먹는 것이다! 꼭 먹이를 보고 개들이 달려들어 먹어대는 그런 형상이었다.

　그 때 몽둥이를 든 방위군 장교가 뒤쫓아 들어왔다. 그 장교는 방위군들을 우리 가족이 보는 앞에서 마당에 엎드려 뻗쳐를 시켜놓고 마구 두들겨 팼다. 차마 눈뜨고 볼 수 없는 정경이었다. 얼마나 배가 고팠으면 민가에 들어와서 삶은 보리쌀을 허기진 짐승처럼 먹어야 했을까!

나는 그 날 음식물 쓰레기통에 버려진 그 보리쌀을 마음 한 구석에서 한 동안 영 지울 수가 없었다. 지난날 내가 보았던 그 국민방위군 장정들이 굶주린 짐승처럼 손으로 움켜 먹던 바구니의 보리쌀이 오늘 쓰레기통에 버려진 그 보리쌀 위에 겹쳐져 와서다. 먹을 수 있는 곡식을 버리는 일은 어떤 경우에도 있어서는 안 되는 일이라 생각한다.

| 기상정보(氣象情報) |

아침에 산행 준비를 하면서 우비를 챙겼다. 일기예보가 오후 늦게부터 비가 온다하여 산에서 좀 일찍 나려와야겠다는 생각을 하면서 집을 나섰다.

나는 주말 산행을 위하여 평소 일기예보에 관심을 가지고 있다. 요사이 같은 여름철 장마성 우기에는 일기예보에 각별한 주의가 꼭 필요하다. 먼저 주초에 일주간의 일기예보를 메모를 한다. 그리고 산행 예정일 전 3일간의 기상상황 기상청 예보를 체크한다. 출발 전날 밤과 당일 새벽의 상황은 반드시 체크를 하고 기상 분석을 해야 한다.

산행 당일에도 시간대별로 일기예보는 기상상황에 대한 예측 자료를 제공해 주고 있다. 그래서 수시로 산행 중에도 휴대폰의 수신이 가능한 지역에서는 기상에 대한 상황 청취를 하고 있다.

그날은 날씨가 계속 맑았다. 그러나 일기예보에서 오후 늦게 국지성 소나기가 내린다 하여 우리는 일찍 하산을 하였다. 자주 다니는 근교 산이었고, 교통편도 괜찮아서 우리 일행은 오후 4시경 부산 범어사 지하철역 주차장에 도착하였다. 버스에서 내리는데 비가 오기 시작한다. 우리가 부근에 있는 목욕탕으로 들어가 있는 동안에 천둥과 번개를 동반한 폭우가 쏟아졌다.

그날 우리는 아주 알맞은 시간에 짜 맞추어도 그렇게 되기가 힘들 정도로 산행도 잘하고 하산을 한 셈이다. 이것이 다 평소에 기상 정보에 관심을 가지고 적절하게 행동을 하여 왔기 때문이라고 생각한다.

그런데 그날 밤 뉴스에서 놀라운 상황을 알게 되었다. 바로 그날 낮 11 : 55경 서울 은평구 진관외동과 경기도 고양시 경계지역인 북한산 용혈봉(581미터)의 정상 바위 위에서 산비둘기 산우회 회원 10여 명 중에 4명이 낙뢰에 감전되어 사망하고, 부근 수락산에서도 등산객 1명이 낙뢰로 사망하였다 한다. 같은 시간대에 북한산 등산객 20여 명도 쇠밧줄을 잡고 오르다가 감전되어 부상을 입었다 했다.

낙뢰는 수직으로 발달된 큰 덩어리 구름인 적란운(積亂雲)에서 흔히 벼락이 발생하는데 보통 이 구름대가 가장 많이 형성되는 시기가 7월과 8월경이라 한다. 지표면에서 올라오는 뜨거운 공기가 대기 상층부의 찬 공기와 부딪치면서 대기가 불안정해지기 때문이라는 것이다.

사고의 직접적인 원인은 등산객이 몸에 지닌 쇠붙이가 낙뢰의 표적이 된 것 같다고 했다. 사고 당시 짚고 있던 스틱이 문제가 아니었나 싶다. 내가 등산을 하면서 늘 께름칙하게 생각하고 있는 것이 바로 이 스틱이다.

몇 해 전 거창의 금원산 자연휴양림에서 여름휴가를 보내면서 일 기예보를 무시하고 금원산 등산을 했다. 정상에서 도시락을 먹고 있는데, 맞은편 기백산 정상 부근에서 발달한 운무가 우리가 앉은 금원산을 보고 밀려 왔다. 순식간에 바로 맞은편에 앉아있는 사람 조차 안 보일 정도의 짙은 농무였다. 그리고 천둥과 번개를 동반한 소낙비가 뒤따랐다.

　　해발 1300미터가 넘는 고산의 정상에서 바위 너덜 계곡을 미끄러 지고 넘어지면서도, 나는 짚고 있는 스틱을 버리지 못하는 난처한 경우를 당했다. 적막한 심산에서 당하는 천둥소리와 번쩍번쩍하는 번개 불빛은 간이 그야말로 오그라들어서 콩알만해진다는 표현 그 대로였다. 비에 젖은 미끄러운 돌길을 몸을 지탱하면서 내려가려면 스틱을 버릴 수도 없고, 짚고 가자니 번개가 칠 때마다 스틱의 끝에 붙은 그 쇠붙이 때문에 그 두려움은 필설로 다할 수 없을 지경이었 다.

　　그리고 또 바로 지난해 늦여름 나는 정족산을 L씨와 K여사와 셋 이 산행을 하였다. 오후 늦게 날씨가 흐려지고 국지성 소나기가 있 다는 예보를 듣고도 일찍 하산할 생각으로 산행에 나섰다. 오전의 날씨는 맑고 쾌청하였다. 우리는 잔디밭이 있는 한전고압선 전선주 밑에서 간식을 먹으면서 가을이 오고 있는 높은 하늘과 흰 구름을 보고 즐거워했다.

　　그런 좋은 날씨가 우리 일행이 정족산 8부 능선 쯤 올라갔을 때, 갑자기 구름이 몰려오면서 음산한 바람이 불고 비가 오기 시작했 다. 멀리서 울리던 천둥소리가 어느 사이에 바로 머리 위에서 금방 하늘이 내려앉는 듯한 큰 소리로 들렸다. 끊임없이 번개와 천둥소 리가 우리를 그 자리에 주저앉게 하였다.

이런 때는 능선은 위험하므로 우리는 길도 없는 계곡으로 내려서서 걸었다. 계속하여 천둥과 번개가 치고 폭우가 쏟아졌다. 나는 이 날도 스틱 때문에 당황스러운 경우를 또 당했다.

등산 전문가들은 낙뢰가 칠 때에는 사람이 표적이 될 우려가 있으니 능선을 피하여 낮은 계곡으로 몸을 낮추어 걸어야 한다. 목걸이나 스틱 등 금속성은 멀리해야 한다. 외따로 떨어져 있는 나무 아래는 위험하다. 쇠밧줄이나 물기가 있는 바위도 피하는 것이 좋다고들 한다. 나는 무엇보다도 평소에 기상정보에 관심을 가져야 한다고 생각한다. 그리고 국지성 호우 예보가 있을 때에는 산행을 무리하게 하지 않는 것이 좋다고 생각한다.

99

| 통행을 못하게 하면 |

내가 늘 다니는 출퇴근길이다. 교대역 지하도를 나와서 보도를 따라 공장 건물의 낡은 담장을 끼고 돌면 약간 비탈진 비좁은 골목길로 들어선다. 그 공장의 담벼락에 J고등학교의 담장이 연결되어 있다. 역시 그 담장도 오래 되어 낡기는 공장의 담장이나 마찬가지다. 지난 여름 장마로 위태롭게 보이던 공장의 담장이 끝내 무너져버렸다. 공장에서는 무너진 담벽을 판넬 재료로 수리를 하여서 골목안도 한결 깨끗하고 안전하게 통행을 하게 되었다.

그렇게 하고 며칠 지나고 나서다. J고등학교 울타리 담장 밑을 지나면서 보니 담장 벽면에 청색 바탕의 광고 안내판이 부착이 되어 있었다. '위험' 이라는 경고문에 "담벽이 노후화하여 무너질 위험이 있으니 통행을 금지해 주시기 바랍니다. 학교장" 이라는 안내문이다. 이 담장을 따라서 나 있는 골목길을 통행하지 말라는 경고문이다. 그렇게만 해 놓고 담장을 헐고 수리를 하는 것이 아니고, 계속 그 위험한 상태인 채로 방치해 두고 있을 셈인 것 같았다.

　이 골목길은 학교의 담장과 인접해 있는 주거지역 주민의 주 통행로임은 말할 것도 없고, 이 골목을 통하여 거제동 법조센터로 가게도 되어 있다. 골목 입구에는 법조센터 방향의 안내표지판까지 설치되어 있다. 그런 골목길이기 때문에 통행하는 사람이 비교적 많은 편이다. 그런데도 J학교장은 통행을 금지한다는 안내문을 공고한 것이다. 적극적으로 통행을 못하도록 바리게이트를 치거나 시설물을 설치하지는 않았다. 선언적 의미로 보아야 될 것 같다. 그래도 만약에 담장이 무너지면서 공교롭게 그 아래로 지나가던 행인이 불행하게 다치기라도 했을 때 학교측 입장이 이 경고 안내문을 게시한 것만으로써 과연 시설물 관리 책임을 면할 수 있을지에 대한 의문은 남을 것 같다.

　J고등학교는 기독교 계통의 대안학교로 알고 있다. 기숙사 생활을 하는 특수학교 같았다. 훨씬 전 언제인가 내가 학교 담장 밑 바로 이 골목을 지나가는데, 담장 안에서 트레이닝 복장으로 여학생 하나가 담장을 타고 바깥으로 넘어오다가 발이 땅에 닿지를 않아 매달려 있는 것을 목격하게 되었다. 내가 그 여학생의 발목을 붙들어 땅에 내리게 하고, 왜 담을 넘느냐고 꾸짖었더니 그대로 달아나 버렸다. 달아나는 그 여학생의 뒷모습을 보면서 나는 담장 안 그 학교의 기숙사 생활에 문제가 있는 것은 아닌가 하는 생각을 하였다.

　나는 지금 내가 지나다니고 있는 이 골목길이 원래는 J고등학교의 사유지인지 어떤지 권리관계는 모른다. 그러나 이 길은 몇 해 전에 법조센터가 이곳으로 옮겨오면서 이 골목길에 통행인이 부쩍 많아지자 행정관청이 공공근로 사업으로 보도블록을 깔기까지 하였다. 말하자면 지금은 명실 공히 공로(公路)가 되어 있다.

나는 기독교 계통 대안학교인 J고등학교의 설립취지와 교육목표가 일반학교보다는 훨씬 숭고한 이념일 것이라고 생각한다. 그리고 훌륭한 교사들이 사명감을 가지고 학생들을 잘 가르치고 있을 것이라고 믿는다. 그와 같이 훌륭한 교육을 하는 학교가 언제 무너질지도 모르는 낡은 담장을 수리하지 아니 하고, 방치한 채로 만연히 통행을 못하게 위험 표지 공고만 달랑 해 두고 있는 것이 이해가 되지 않는다.

나는 오늘 아침도 이 골목길로 출근을 하였다. 학교의 담장은 금방이라도 곧 무너질 것같이 담벽이 갈라져 있다. 그리고 그 담벽에는 담장이 노후하여 위험하니 통행을 금한다는 J고등학교장의 위험 경고가 부착된 그대로이다.

| 기대(期待)가 지나치면 |

1973년 11월 어느 날, 숙소에서 새벽 3시에 잠이 깼다. 문밖으로 나서니 비바람이 사납게 몰아치고 있었다. 나는 혼자 현장 쪽으로 차를 몰았다. 와이퍼가 작동하고 있었지만 비바람 때문에 시계(視界)는 거의 제로 상태였다. …(중략)… 커다란 바위 덩어리 하나가 불쑥 앞을 막아섰다. 급히 브레이크를 밟으며 핸들을 돌렸으나 훌렁 재주를 넘는 차와 함께 순식간에 바다로 빠져 버렸다. 수심이 12미터나 되는 바다였다. …(중략)… 나는 안벽을 향하여 헤엄치기 시작하였다. …(중략)… 나는 초소를 향해 "야아!"하는 소리를 질렀다. 즉각 2백 미터쯤 떨어진 경비초소에서 경비원이 '예!' 하며 달려왔다.

나중에 들은 이야기다. 내가 늘 새벽에 현장을 돌기는 하는데 그날도 그 빗속에 자동차 헤드라이트 불빛이 비치는 듯하다가 바위덩이 부근에서 갑자기 없어지더란다. …(중략)… 바로 그 경비원이 물 속의 나를 내려다보면서 미욱하게도 "누구요?" 했다. …(이하 생략)…

(H그룹 J회장의 자서전에서)

103

그날 새벽에 몹시 비바람이 쳤습니다. 파도소리 때문에 다른 소리는 들을 수가 없었습니다. 나는 경비초소에서 근무중이었는데, 그때 미포쪽 해안에서 자동차의 헤드라이트 불빛이 보였습니다. 새벽 3시 조금 지나서였습니다. 서울서 내려오신 사장님이 현장을 둘러보시는 시간입니다. 그런데 보통 때 같으면 내가 서 있는 경비 초소 앞으로 지나갔어야 할 사장님께서 직접 운전하는 지프차가 지나가지를 않는 것입니다. 불빛도 안 보였습니다.

순간 나는 이상한 예감이 들어서 후래쉬를 들고 차가 오고 있는 방향으로 찾으러 나갔습니다. 계속 비바람은 세차고 파도는 해안에 축조한 안벽(岸壁) 위에까지 덮쳐오고 있었습니다. 파도 소리에 아무 소리도 들을 수 없었습니다. 순간 내 후래쉬 불빛 안으로 검은 물체가 들어왔습니다.

그 물체는 사람이었습니다. 파도가 밀려 나간 모래 위로 가까스로 안벽 가까이 접근을 하려면 뒤에서 덮쳐오는 파도가 다시 바다 속으로 쓸어가 버리는 것이었습니다.

사장님이시다! 사장님이 바다에 빠졌다! 순간 나는 달려가 안벽 위에서 긴 막대기나 밧줄을 찾았으나 비가 오고 어두워서 적당한 것을 찾을 수가 없었습니다. 나는 엉겁결에 부근에 있는 공사용 철근을 집어 들고 고함을 질렀습니다. "사장님 이것 잡으세요!" 가까스로 모래톱으로 올라선 사장님이 내가 내려 드린 철근의 한끝을 붙잡고, 파도에 떠밀리지 않으려고 버티면서 안벽을 올라오시게 되었습니다. 뒤에 보니 내 손바닥이 모두 벗겨져 있었습니다. 나는 그 순간 있는 힘을 다하여 내가 쥔 철근 한 끝에 온 힘을 모아 안벽 위에서 버티고 있었던 것입니다.

소문은 삽시간에 퍼져 나갔다. 꼭 가을 들녘의 마른 풀밭을 옮겨 붙으면서 번져 나가는 불길처럼 소문이 퍼져 나갔다. 조선소의 수

천 명 종업원에게는 흥미 있는 소문이 아닐 수 없었다. 소문은 말이 말을 만들어 가면서 부풀려졌다. 「사장님이 참 운이 좋았다!」, 「그 때 경비원이 안 보았으면 큰일 날 뻔 안 했겠나!」, 「그 경비원이 바다에 뛰어 들었대! 파도에 휩쓸리는 사장님을 겨우 붙잡았대!」, 「그랬었기 망정이다! 안 그랬으면 어떻게 될 뻔 했나!」, 그리고 다음 이야기는 그 경비원에게로 돌아간다.

「그 경비원 지난밤에 꿈 잘 꾸었다. 두둑하게 금일봉 받겠네.」, 「어디 두둑할 정도겠냐? 한 밑천 받겠지.」, 「암! 팔자 고칠 정도일기라.」, 「사람 팔자라는 건 참 모르는 기다. 누가 경비서다가 그런 횡재를 만나게 될 것이라 생각이나 했겠나!」, 심심하던 참이라 모두 입들이 간지러워서 견딜 수가 없다. 모두 다 한 마디씩 끼어드는 것이다.

그날 이후 당사자인 경비초소 근무자는 자기가 사장님을 구출한 그 사실에 대하여 남들이 하는 말에 일일이 대꾸를 하지 않았다. 안 했다고 하기보다 대답을 할 수가 없었다. 말들이 너무 부풀려져 있었기 때문이다. 그래서 가만히 있을 수밖에 없다고 생각했다.

그런 그에게 시도 때도 없이 동료들이 한턱내라는 성화다. 사장님으로부터 불원 금일봉이 내려올 것이다. 엄청난 액수의 은전일 것이다. 앞으로 그 큰 돈을 받아 어떻게 할 것인지 미리 잘 생각해 둬야 된다는 등등.

그 자신도 어느 사이에 그렇게 될 것이라는 생각을 하게 되었다. 당연히 꽤 큰 돈으로 금일봉이 내려올 것이라는 기대를 하였다. 사실은 사장님이 스스로 안벽에 접근을 하였다. 자신은 사장님이 파도에 떠내려가지 않도록 공사용 철근을 내려 주어서 잡게 한 것이 전부다. 그리고 사장님은 자기 힘으로 안벽을 타고 올라왔다. 그런

데도 자기가 사장님을 살렸다는 생각을 하게 되었고, 머지 않아서 큰 은전이 내려올 것이라는 확신에 찬 기대를 하게 되었다. 매일 매일을 무지개 빛깔의 화려한 꿈을 그리면서 기다렸다. 물론 그 사이에 동료들의 축하를 받으면서 여러 차례의 술을 사기도 했다.

그렇게 기다린 어느 날 드디어 총무과에서 찾는다는 전갈이 왔다. 숨이 가쁘게 뛰어 갔다. 온 세상이 장밋빛으로 금방 날아가기라도 할 기분이었다. 총무과장님(?)이 그의 어깨를 두드리면서 수고하였다고 치하를 했다. 사장님의 은전이라면서 금일봉을 내밀 때는 허리가 꺾어지는 자세를 하고 두 손으로 받았다. 그리고 그날로 경비초소 조장으로 승급이 되었다.

돌아와 부푼 기대를 가지고 금일봉이 들어 있는 봉투를 열었다. 그런데 이게 어찌된 사정이냐! 지금까지 그를 그렇게 부풀게 만들었던 장밋빛 꿈은 한 순간에 날라 가 버렸다. 그 금일봉은 이 며칠 사이에 동료들에게 축하를 받으면서 대접한 술값에도 못 미치는 미미한 금액이었다.

순간 기대가 일시에 허물어져 버리면서 허탈한 상태가 되었다. 배신감을 느꼈다. 가슴으로는 분노가 끓어올랐다. 그리고 그때부터 엉뚱한 방향으로 일을 저지르려고 그 방법을 모색하기 시작하였다.

그 일이 있은 후 4, 5개월쯤 지난 다음해 봄이다. 내가 근무하는 ○○검찰청 수사과로 익명의 시민으로부터 제보가 들어왔다. 지금 서면의 철재상 골목에 차량번호 몇 번 몇 번의 트럭 2대가 철판을 싣고 와서 처분처를 은밀히 물색하고 있다는 제보. 장물이었다.

즉시 관할 경찰에 연락하여 현장을 확보하도록 하였다. 얼마 후 경찰로부터 2대의 트럭에 실린 철판이 울산 ○○조선소에서 불법으로 유출된 장물로 의심이 간다는 보고를 받았다. 우리 수사팀은 곧 바로 울산 ○○조선소로 달려갔다. 그날 우리는 그 철판이 유출된 경로에 관련된 부서의 책임자와 실무자들을 모두 연행을 하였다. 경비초소 근무자를 연행한 것은 물론이다. 우리 팀은 20여명의 관련자들을 분산하여 밤을 새워 조사를 하였다. 그리고 결론은 초소 근무자중에서 책임자인 조장을 지목하게 되었다.

사고 당일 초소 근무자 중 조장이 그 철판을 적재한 차량 2대를 통과시킨 것으로 확인되었다. 그 시간에 조장이 지시하여 다른 근무요원은 초소를 이탈한 것으로 밝혀졌다. 경비조장이 일부러 자리를 뜨도록 한 것이라고 생각되었다.

우리는 경비초소 조장과 공모한 윗선의 관련자를 찾으려고 상당한 수사를 하였으나 그 이상의 혐의자는 발견할 수가 없었다. 결국 경비초소 조장의 단독 범행으로 결론을 내리게 되었다.

나는 이 사건을 조사하면서 여러 가지로 세상 살아가는 일들을 생각하게 되었다. 어떻게 살아야 잘 사는 것이라고 할 수 있을까. 자기가 일한 양만큼만의 대가를 바랐었다면 이번의 사건은 처음부터 발생하지 않았을 것이다. 과도한 기대를 가졌었던 것이 잘못된 생각이었고 결국 그것이 자신을 파멸의 구렁텅이로 밀어 넣는 원인이 된 것이다.

한편 큰 회사는 조직에 의하여 운영되어야 할 것이지만 때로는 파격이 있어도 안 될까. 가령 이 경비원을 사장이 총무과를 통하여서가 아니고, 직접 불러서 어깨를 두드려주면서 격려를 했었다면 이번의 사건은 처음부터 발생하지 않았을지도 모른다. 그리고 이 이야기는 수천 명의 종업원에게 사내 미담으로 오래 오래 그들의 가슴에 남아 있게 되었을지도 모른다.

제3부_ 여인들

| 마누라 송(頌) |

"…아무렇지도 않고/ 예쁠 것도 없는/ 사철 발 벗은 아내가/ 따가운 햇살을 등지고/ 이삭 줍던 곳/ ……"

정지용의 시 〈향수〉(鄕愁)의 한 구절(句節)이다.

아내는 이제 머리가 희끗희끗해진 초로(初老)의 여인이 되었다. 아내라고 부르기 보다는 마누라라는 호칭이 더 어울릴 것 같다. 흔히들 자식 자랑하면 반푼(半分)이고, 계집 자랑하면 온푼(全分)이라고들 한다. 아내의 이야기를 하려니 스스로 온푼이가 되고 있는 자신을 보는 것 같아 쑥스러운 생각이 든다. 삼십년을 넘게 같이 살아오다 보니 이제는 서로가 한 몸이나 다름없게 된 우리 부부. 아내는 지아비인 내가 하는 일에 이런저런 제 주장을 내세우지 않는 편이다. 밖에서 일을 마치고 돌아오는 남편에게 그저 편안하게 대해주려고 마음 쓰는 그런 여자다.

애들이 집에 있을 때는 "얘들아 아버지 오셨다"고, 아이들에게 집에 들어오는 나를 맞게 해주었다. 그 아이들이 성장하여 출가(出嫁)하고, 또 직장 따라 집을 떠나 휑하니 집안이 빈 요즈음은 "어서 와요"라 하며, 그저 한 평생을 같이 살아온 또 다른 자기를 받아들이는 듯 맞아주는 아내다.

우리는 결혼일이 마침 설을 사흘 앞두어서였기도 했지만, 그때는 어려운 시절이여서 신혼여행도 못 다녀왔다. 바로 시골 부모님이 계시는 본가로 들어가야 했다. 새 신부는 그때부터 시댁(媤宅)살이를 하면서 본가에서 큰 애를 낳고, 얼마동안을 큰 며느리로서 시댁 가족들과 생활하였다.

남편의 직장을 따라 나와서 처음에는 사글세 셋방에서 신접살림을 시작하였다. 이런저런 사정으로 일년에 여러 번을 이삿짐(이삿짐이라야 이불 보따리와 솥단지 정도였지만)을 싸들고 이사를 다녀야 하기도 했다.

얼마 전에 딸을 시집보냈다. 신접살이 아파트에다가 세간 집기를 마련해 주고 온 아내가 지난날 우리들이 어렵게 살림살이 장만해 가면서 살던 이야기를 지나가는 남의 이야기하듯 하였다. 나는 그 말을 들으면서 저 머리가 희끗희끗해지도록 나를 따라 지금까지 살아오며 고생한 아내가 새삼 안쓰럽다는 생각이 들었다.

우리는 아이들이 어릴 때에는 시내의 변두리에서 살았다. 정책이주지역으로 달동네였다. 밤늦은 시간 비가 오면 아스팔트 포장이 안 된 진흙탕 길에서 언제 올지도 모르는 시내버스를 하염없이 기다려야 하는 그런 동네였다.

그때 하급공무원 생활을 하는 남편을 내조하느라고 구멍가게를 보았고, 나도 직장이 끝나면 곧 바로 집으로 와서 밤늦은 시간은 그녀 대신 가게를 지켜 주었다. 지금 생각하면 그 때 아내는 참 고생을 많이 했지 싶다.

봉급은 적지만 이십년 가까이 안정된 가계를 꾸려온 직장을 어느 날 내가 갑자기 그만 두겠다고 했다. 당시 내가 받는 공무원의 급료로는 커 가는 아이들의 학비를 걱정해야 할 때가 된 것이다. 그 때도 아내는 "당신 뜻이 정 그러시다면 마음대로 하세요. 당신은 새로 시작하는 일에도 열심히 할 거라고 믿어요." 이렇게 하여 지금부터 십수 년 전 내 나이 사십대 중반에 공무원생활을 그만두고, 지금의 이 법무사라는 전문직 직업인이 되었다.

그녀의 기대대로 나는 법무사라는 내가 스스로 택한 이 직업에 긍지를 갖고 열심히 일했다. 법무사 법인을 설립하고, 그 대표를 맡아서 기업 형태로 영업 업무를 확장하기도 했다. 나는 동료 법무사보다 먼저 출근하고, 늦게까지 남아서 일을 한다. 이렇게 하는 것이 그녀의 기대를 저버리지 않기 위하여 내가 할 바라고 생각했다. 뒤돌아보면, 오늘까지 법무사인 나를 남편으로 한평생 불평 않고 한결같이 살아와 준 아내가 대견스럽고 고마울 따름이다.

아내는 예쁠 것도 없고, 크게 내세울 것 없는 평범한 여자다. 그 여자는 오늘도 몇 백 원을 아끼느라고 양손에 시장 본 찬거리를 팔이 늘어지게 들고, 아파트 언덕길을 걸어서 집으로 오고 있으리라.

위 글은 십수 년 전에 고등학교 동창회보 한 지면에 실은 글이다. 그때의 아내가 이제는 할머니가 되어 손자를 안고 자기 살아온 날을 뒤돌아보는 나이가 되었다. 시집보낸 딸과는 귓속말을 하면서도, 며느리를 대하는 것은 그렇지 않은 것 같기도 하다.

남편에게도 이제는 내가 언제 그랬냐는 듯한 얼굴이다. 우스개

말로 국을 한 솥 가득 끓이면 혼자서 또 며칠 여행을 다녀 올려는 것 아닌가 하는 걱정을 내심 해야 하게 되었다. 얼마 있으면 이사를 하게 되는데, 이삿짐 차에 나도 태우고 갈는지 눈치를 살펴야 하는 약자의 입장이 되었다. 세월이 다 그렇게 만드는 것 아니겠는가. 누굴 탓 할 일이 못된다. 그래도 철이 바뀔 때마다 내 건강을 걱정하고, 며칠 관광여행 다녀오면서 보따리 안에는 내게 좋다는 건강식품을 사들고 오는 아내다. 나는 내 아내가 세상에 제일 좋은 마누라라고 생각한다. 내가 복이 많아 이런 마누라를 만났다고 생각한다. 우리 내외는 백년해로하기를 소망한다.

| 사모곡(思母曲) |

어머니와는 열여덟 살 나이 차이다. 어머니는 열일곱에 시집와서 다음 다음해인 열아홉에 나를 낳으셨다. 그리고 내 밑으로 두 살 터울, 세 살 터울로 여동생과 남동생을 낳고 어머니 나이 스물넷에 출산을 마감하였다.

여느 아이들도 다 그렇듯이 우리 삼남매는 크면서 많이 싸웠던 것 같다. 싸우게 되면 항상 맏이인 내가 야단을 맞았다. 바로 아래 여동생하고 특히 많이 싸웠는데 어머니에게 야단도 듣고, 더러는 부엌 부지깽이로 아랫도리를 맞기도 했다. 나는 울면서 악다구니를 놀려 어머니에게 대들기도 하였다.

그렇게 하면서 내가 중학교에 갈 즈음하여서는 키도 훌쩍 커 버리고 내 나름대로의 생각도 조금은 생기게 되었다. 그 즈음의 어머니는 유독 동생들 편을 많이 드시고, 내게는 매정스럽게 한다고 여겨졌다. 언제인가는 어머니가 나를 낳은 친 어머니가 아닌가 하는 의심을 한 때도 있었다. 그런 생각을 하게 된 데에는 다른 내 또래 애들의 어머니들보다 너무 젊어 보여서이기도 하였다. 나의 어머니는 원래 시골에서 농사일을 하시는데도 퍽 고운 편이셨다.

평소에 어머니는 내게 다정하다기보다는 좀 어렵게 느껴지고 엄하신 편이었다. 그런 나에게 어머니가 어느 날 지금까지의 내 생각이 잘못되었고, 어머니는 이 세상에서 나한테 제일 따뜻하고 정이 많은 분이라는 생각을 하게 하였다. 내가 중학교에 다니면서 집을 나와 하숙을 하고 있었는데, 어느 날 어머니가 내 하숙방에서 하룻밤을 주무시게 되었다. 그날 밤 다 큰 내가 처음으로 어머니를 독차지하여 어머니의 가슴을 더듬었다. 어머니의 가슴은 따뜻하였다. 어머니는 나를 꼭 껴안아 주셨다. 그때 어머니는 우시는 것 같았다.

그리고 얼마 지나지 않은 어느 주말 내가 집에 갔을 때 어머니가 계시지 않았다. 온 집안이 텅 빈 것 같은 생각이 들었다. 아버지와 할머니의 대화를 들으면서 나는 심상찮은 느낌을 받았다. 풀이 죽어 있는 동생들도 내 눈치를 보는 것 같았다.

나는 다음날 아침 일찍 삼십리 길을 걸어서 외가를 찾아갔다. 어머니는 거기 계셨다. 내가 온 것을 안 외삼촌 내외분과 어머니는 안방에서 한참동안 이야기를 나누시더니 어머니가 나오셔서 내 두 손을 꼭 잡으셨다. 어머니의 눈에 눈물이 고여 있었다.

세월이 많이 흐르고, 내가 결혼을 하여 자식을 낳아 기르면서 비로소 지난날의 힘들어 하셨던 어머니를 어렴풋이나마 이해할 수 있을 것 같았다. 원래 아버지는 병약하신 분이시었다. 어머니께서는 엄한 친정의 가풍 때문에 평생을 그 멍에에서 벗어나지 못하고 살아오신 분이시다.

그 후에 내가 얼마동안 부모님을 모시고 같이 생활을 하였다. 어머니가 오십대 초반 쯤이었을 것으로 기억한다. 그 때 어머니는 정신적으로 퍽 힘 드는 시기를 넘기셨지 않았나 싶다. 정신과 병원의 진료도 받으셨고, 신앙을 가져 보려고 교회도 나가시고, 절에도 다니셨던 것으로 안다. 지금 생각하면 어머니는 극도로 자신을 자제하면서 힘들게 그 어려움을 극복해 나가신 것 같았다.

몇 해 후 부모님을 고향 마을의 호숫가에 조그마한 집을 마련하여 노후를 보내시도록 해 드렸다. 어머니는 그 즈음은 비교적 편안한 마음으로 지나시는 것 같았다. 주말에 우리 부부가 아이들을 데리고 진양호반에 있는 부모님을 찾아가 뵙고 돌아올 때에는 어머니는 호숫가 언덕에 나와 앉아서 언제까지 우리가 탄 나룻배를 바라보고 계셨다.

어머니는 나의 어머니이기 이전에 한 여인으로서 평생 한을 가슴에 안고 살다 가신 분이시다. 그 호숫가 작은 집에서 아버지를 여의신 후 다시 두 번째로 내가 어머니를 모시고 와서 노후를 편안하게 지내시도록 하려 했다. 그러나 기다리고나 있었다는 듯이 병마가 어머니를 찾아왔다. 돌아보면 한 생애가 그러면서 다하여지는가 싶으니 새삼 인생이 서글프기 이를 데 없다는 생각이 들었다. 그렇게 힘들게 사시다가 가신 어머니시다.

| 여인의 아름다움 |

남양산 고속도로에서 멀리 바라보는 오봉산은 영락없이 누워 있는 여인의 나신상(裸身像)이다. 산의 능선이 마치 이마와 오뚝한 콧날 아래로 도톰한 입술과 턱으로 보여서, 여인의 머리와 얼굴을 이루고 있다. 그 아래 풍만한 가슴으로 내려오면서 약간 불룩한 부분의 아랫배와 밋밋하게 쭉 뻗은 것이 바로 여인의 하체 형상으로 보인다. 여인의 나신(裸身) 그대로다. 멀리서 바라보는 산세도 부드러워서 여인의 아름다움을 그대로 느끼게 한다.

그러나 그 산을 오르면서 능선을 밟고 서서 보면 결코 그렇지만도 않다. 멀리서 보았던 그 부드럽고 아름다운 모습은 간 곳이 없다. 바위로 능선이 연결되어 있고, 약간 오르막과 내리막으로 되어 있을 뿐이다. 아마 이 부위가 이마로 보였고, 오뚝한 콧날에 입술과 턱이 이 부분으로 보였겠다 하고 다만 미루어 짐작이 갈 뿐이다. 그저 여느 산이나 조금도 다름없는 그런 산일 따름이다.

이 산의 아름다움은 멀리 떨어져서 바라보기 때문이다. 여인도 좀 떨어져서 보았을 때 그 자태가 아름답게 보인다. 가까이에서 보는 여인에게서는 그 피부의 고움은 볼 수 있을지언정 그 여인만이 지닌 고유의 부드러운 선과 그 아름다움의 참 모습을 보기는 어렵다. 나무를 보면서 숲의 아름다움을 못 본다는 비유와 같지 않을까.

걸어가고 있는 여인을 상상해 본다. 고운 옷을 입고, 예쁜 걸음걸이로 사뿐사뿐 걸어가는 여인에게서 우리는 아름다움을 느낀다. 만약에 옷을 입지 않고 알몸 그대로 걸어가고 있다고 상상해 보자. 어디 비교가 되겠는가.

여인들이 맑은 시냇물에 몸을 담그고 있는 자태는 동화 속의 '선녀와 나무꾼' 을 연상하게 한다. 보일 듯 말 듯 감추어져 있는 그 비경에 눈이 가고 아름다움을 상상할 수 있는 것이다.

석굴암 보살의 여인상은 부드럽게 흐르는 옷깃에서 아름다운 몸매를 느끼게 한다. 자연의 경치도 확 드러난 것보다는 산과 계곡이 서로 어울려져서 그 계곡 안의 비경이 은은히 보일 듯 말 듯할 때에 비로소 그 경치의 더 신비스러운 아름다움을 감상하게 되는 것이 아닐까. 여인을 보는 눈도 연령에 따라 다르게 느껴진다고 생각한다. 내가 어린 티를 채 벗지 못했던 소년시절에 바로 이웃집의 소녀에게 연정(戀情)이라고 할 수는 없지만 순결한 감정을 가슴에 담고 그 소녀를 보았다. 동화 속에 나오는 '숲 속의 공주' 같다는 생각을 하였다. 소녀는 그때의 내게는 아침 이슬을 머금은 흰 백합꽃보다도 더 청순하게 생각되었다.

나는 숫기가 없는 편이었다. 사춘기 때 길에서 얼굴을 아는 여학생을 만나면 가슴이 그냥 방망이질을 하면서 얼굴이 새빨개졌다. 그래서 '홍당무' 라는 별명이 붙어 다녔다. 그 때는 모든 여학생이다 천사같이 보였다. 그러면서 어느 사이에 내 사춘기의 꿈도 영글어 어른이 되어갔다. 코스모스가 가을 하늘을 배경으로 바람에 흔들리는 정경을 보면서, 여인의 가냘픈 허리를 상상하기도 하였다. 화단의 모란꽃은 농염(濃艶)한 여인의 한복 입은 자태를 연상케 하였다. 국화가 핀 계절에는 인생의 뒤안길을 걸어가는 사십대 여인의 완숙한 아름다움을 느끼게 하였다.

아름다운 영상으로 지금도 뇌리에 남아 있는 여인들을 회상해 본다. 고등학교 때 내가 흠모한 여학생의 집에서 본 한복을 입은 그녀의 어머니의 단아한 모습을 잊지 못한다. 한여름 들일을 하시고 점심밥을 지으려고 종종 걸음으로 집으로 오시던 베적삼의 등이 땀으로 흠뻑 젖은 젊은 날의 건강미가 넘치던 어머니의 모습을 잊지 못한다. 희끗희끗한 머리를 곱게 빗어 비녀를 꽂고 세모시 한복 치마저고리를 입으신 외할머니의 인자한 자태를 잊지 못한다.

여체는 아름다움 바로 그것이다. 세상의 그 무엇과도 비교를 할 수 없는 순결과 아름다움의 결정체다. 그 아름다움이 의상으로 가려져 있을 때 신비로움을 더한다. 부드럽고 엷은 천으로 육체가 보일 듯 말 듯 비쳐질 때에 우리는 매료된다. 서구의 조각된 여신상의 드러난 나신보다는 우리 조상들의 정교한 손 끝에서 빚어진 엷고 부드러운 천이 은밀한 부위를 스치듯 가려져 있을 때에, 우리들의 눈길이 그곳에 머물게 된다. 우리는 거기서 살아 움직이는 여체를 보게 된다.

여체의 아름다운 영상이 오래 오래 내 가슴에서 지워지지 않기를 바라는 마음 간절하다. 비록 몸은 늙어가고 있지만, 젊은 시절에 본 여인들의 아름다운 영상이 내 마음만은 늙지 않도록 붙잡아 두는 회춘제가 되지 않을까 싶으니 더욱 그렇다.

| 지하철 안의 여인들 |

매일 한 시간 가까이 지하철로 출퇴근을 한다. 지하철 안은 언제나 여자가 절반이 넘는다.

연령대도 10대의 중·고교 학생에서 7·80대의 노파에 이르기까지다. 의상(衣裳)도 여학교 교복에서 최신형 패션에 이르기까지 그 모양새가 이루 다 말할 수가 없을 정도로 다양하다. 심한 경우는 외모나 의상만으로는 얼핏 보아서 남녀를 구별 못하는 경우도 있다. 그만큼 여성다움의 외모와 복장이 변하고 있다.

여자들의 짓거리도 각양각색이다. 10대의 여학생들이 무리를 지어 올라와 참새처럼 조잘대는 것은 그런대로 들어줘야 한다. 40대쯤으로 보이는 계모임을 하고 몰려오는 것 같은 중년 아줌마들의 수다스러움은 여간 인내심을 갖지 않고서는 참아내기 힘든 준소음(?)이다. 그 패거리가 다행히 얼마 안 가서 내려 버리면 그런 다행이 없다. 차 안의 평온이 회복되는 기분이 된다.

여인들의 몸가짐도 각양각색이다. 우선 의자에 앉는 자세가 그 됨됨이를 근방 짐작을 하게도 한다. 앉으면서 바로 다리를 꼬고 앉는가 하면, 짧은 스커트 자락을 여미거나 무릎을 모우지 않아서 맞은편에 앉은 사람을 민망하게 만들기도 한다.

그보다 더 나를 아주 민망스럽게 하는 경우도 있다. 특히 여름철에 있는 일이다. 핫팬츠를 입은 젊은 여성이 배꼽을 내놓은 채로 내가 앉은 좌석의 바로 앞에 섰을 때다. 핫팬츠가 아슬아슬한 선에까지 내려가 있는 경우도 있다. 이런 때는 눈을 어디에 둘지를 모를 지경이 된다. 눈을 아예 감아버리지 않을 수 없다.

예절 문제도 각양각색이다. 젊은 여성일수록 특히 학생티를 내는 옷차림을 한 여대생쯤으로 보이는 여성들은 아예 자리를 양보해 줄려고 하지 않는다. 시간이 많이 소요되는 먼 거리의 여행이라면 또 모르겠지만, 그렇지도 않은데 자리 양보를 하지 않는다. 가정교육에서부터 잘못 되고 있는 것 아닌가도 싶다. 어린이를 데리고 있는 젊은 여자는 그 아이가 차 안의 다른 사람들에게 방해가 되는 짓거리를 해도 방관하는 경우를 더러 보게 된다. 언젠가 들은 말이다. 그 어머니 왈 어린이에게도 제가 하고 싶은 행동을 할 권리가 있다는 말을 하더라나. 그런 사고를 가진 젊은 어머니는 뭔가 자녀양육에 대한 근본적인 생각이 잘못 되어 있는 것이 아닌가 생각된다.

휴대폰을 계속하여 사용하고 있는 여인도 있다. 옆에 앉은 사람은 처음부터 아예 상관할 바가 아니라는 태도다. 그것도 별로 긴요하지 않은 대화를 하면서다. 전화기 사용에 대한 공중도덕 예의가 없다는 생각을 하게 한다.

아까부터 반대쪽 출입구에 붙어 서서 좀 심하다 싶은 수작을 하는 젊은 남녀의 행동도 눈에 거슬린다. 못 본 체하면 그만인 일이다. 그런데도 그렇게 안 된다. 두 사람은 지하철 안의 다른 승객들은 안중에 없는 모양이다. 안 봐야 할 것을 보는 것 같아서 보는 사람 쪽에서 오히려 민망하다는 생각을 하게 한다.

　그러나 아름다운 정경도 더러 보게 된다. 노약자가 입구에 들어오는 것을 보자마자 안쪽에서 젊은 여자 분이 얼른 일어서서 자리를 양보한다. 중년 부인이 조용히 뜨개질을 하고 있다. 정장을 한 젊은 여성이 단정한 자세로 책을 읽고 있다. 어린애를 안고 옆 사람에게 폐가 안 되도록 조심스럽게 앉아있는 젊은 여인도 있다. 이런 여인들은 보는 사람들을 즐겁게 해 준다. 지하철 안을 한결 따뜻하게 느껴지도록 한다.

　종점인 가까워오는 늦은 시간 나는 아까부터 노약자석 내 맞은편 좌석에 혼자 앉아있는 50대 후반쯤으로 보이는 여자 승객을 유심히 바라보고 있는 중이다. 옷 보따리를 옆 좌석에 두고 있는 것으로 보아 노숙자(露宿者)같이 보인다. 신발을 나란히 벗어 놓고, 무릎을 세워 양손으로 깍지를 끼고 좌석에 올라와 앉아있다. 자세를 옆으로 하여 지하철 연결 칸 문쪽을 보고 있는 그녀의 옆얼굴에는 표정을 읽을 수가 없다. 피곤해 보인다고 해야 할까 아니면 무심해 보인다고 해야 할까. 그런 표정은 모든 것을 다 체념한 다음에 오는 무표정이라고 해야 할는지도 모르겠다.

　종점을 알리는 열차 내 방송을 들으면서도 그녀는 그대로 앉아있다. 아마 특별히 어디 내려야 할 목적지도 없으니까 이 지하철이 회차하여 나오면 그대로 앉아 다시 타고 갈 생각인지도 모른다는 생각을 하게 하였다. 그러면서 나는 오늘 지하철역을 걸어 나왔다.

| 어떤 모정(母情) |

저녁 드라마 시간에 백혈병을 앓고 있는 아이가 소재가 된 연속 극을 본다. 지금은 의술이 발달하여 완치가 가능한 골수 이식 수술 이라는 치료 방법이 개발되어 얼마나 다행인지 모르겠다. 이 드라 마를 보면서 나는 삼십년도 더 전의 그 때 그 사건의 아픈 기억을 떠올리게 된다.

내가 의료전담 검사실의 참여로 조사업무를 담당하고 있을 때 일 이다. 당시 지방신문에 실린 작은 박스 사건기사 하나가 시민의 여 론을 들끓게 하고 있었다. 내용인즉, 백혈병을 앓고 있는 딸에게 그 어머니가 수혈을 거부하여 어린 생명을 죽게 하였다는 기사다.

그 사건은 며칠 후 경찰에서 의료전담반인 우리 검사실로 배당이 되어 왔다. 사건을 배당받을 즈음하여 시민들로부터 여러 통의 전 화가 걸려 왔다. 비정의 그 여인을 엄벌하라는 항의성 내용의 전화들이었다.

나는 기록을 보면서 사건의 전말을 우선 정확하게 파악부터 하기로 하였다. 그 여인은 기독교 어느 종파의 신앙심이 두터운 신자였었다. 그녀는 남편과 사별하고 당시 13, 14세의 어린 딸과 모녀가 단란하게 살아가고 있었다.

그 단란한 가정에 하나뿐인 딸이 불치의 백혈병을 앓게 되는 불행이 찾아왔다. 그 녀는 대학병원의 담당의사로부터 백혈병이 그 당시 의술로는 치료가 불가능한 병명이라는 진단을 듣게 되었다. 일반적인 치료방법으로 수혈을 하고는 있지만 근본적인 치료는 아니고, 생명을 약간 연장시키는 효과가 있을 뿐이라는 설명도 들었다. 그녀는 눈 앞이 캄캄했다. 남편을 여의고 오직 이 딸 하나를 자기 생명보다 더 소중하게 생각하면서 살아온 그녀. 그 딸이 불치의 병에서 소생의 가망이 없다니 억장이 무너지는 심정은 너무나 당연한 일이었을 것이다.

그녀는 하나님에게 간절히 딸을 살려 달라고 기도하였다. 그리고 담당 의사에게 정말 현대 의학으로 도저히 치유가 안 되는 불치의 병이냐고 다시 두 번 세 번 다짐을 받은 후 그녀대로의 신앙적 입장에서의 결심을 말하였다고 한다.

"선생님 이왕 저의 딸이 어차피 죽게 될 생명이라면 수혈을 하지 마세요. 저가 신앙하는 교리에 남의 피를 섞지 말라는 하나님의 말씀이 있습니다. 남의 피를 섞지 않고 하나님으로부터 받은 깨끗한 원래의 생명체 그대로 하나님에게로 가도록 해 주세요"라고.

그녀는 딸을 백합처럼 청순하게, 아침 이슬처럼 깨끗한 몸으로 하나님의 품으로 보내야겠다는 결심을 하고, 그 담당 의사에게 그녀가 생각한 바 그대로를 말했을 뿐이라고 한다.

그 이야기가 신문에 기사화 되는 과정에서 비정의 어머니가 종교의 교리를 이유로 자기 딸에게 수혈을 거부하여서 죽게 했다는 내용으로 된 것이다. 나는 구속된 그녀를 보면서 이 세상에서 이 사건으로 인하여 가장 큰 피해를 입은 피해자가 바로 이 여인이라고 생각을 하게 되었다. 자기의 사랑하는 딸을 잃고, 영어의 몸이 되어지금 검사 앞에 서게 된 저 여인을 과연 누가 어떤 잘못으로 단죄한단 말인가!

나는 담당 C검사(그 뒤 법무부장관을 역임하셨다)에게 이 여인의 구속된 신병을 풀도록 건의를 하였다. 물론 그녀에게 의률될 기소 죄명에 대한 재판은 앞으로 법원에서 판결할 것이니까 일단 석방만 시켜서 자유로운 몸으로 재판을 받게 한 것이다. 당시 내가 그 여인에게 할 수 있었던 역할은 그것으로 끝날 수밖에 없었다.

사실과 다른 내용으로 신문기사가 왜 보도되었을까. 그리고 그 잘못 보도된 기사가 사회에 얼마나 큰 오해와 물의를 가져오게 되었는가. 그로 인하여 피해를 입게 된 당사자들에 대하여는 어떤 보상의 방법이 있는가. 그리고 그 보상은 누가 과연 해야 하는가. 나는 이런 생각을 하면서, 사람을 억울하게 만들기는 쉽다. 그러나 그 억울한 사람들을 위한 구제의 길은 멀고도 어렵다는 생각을 하게 되었다.

나는 이 사건을 조사하면서, 물론 직접적인 발단은 백혈병을 앓게 된 그녀의 딸과 그 딸을 신앙적인 입장에서 수혈을 거부한 그 어머니에게 있다고 할 수 있다. 그러나 그것이 이 사건의 전말에 대한진실은 아니다. 여기까지의 경위는 우리 모두가 같이 가슴 아파하고 동정해야 할 사안이었지, 결코 그녀를 비정의 어머니로 비난할 대상으로서의 사건이 될 수는 없다고 생각하였다.

나는 치료과정을 맡은 담당 의사의 설명이 잘못 되었거나, 아니면 신문 기사화 하는 과정에서 기사가 잘못 작성되어서 이 사건의 원인이 된 것이라는 생각도 해 보았다.

의술은 사람의 인체를 단순히 수술하고 치료하는 행위만이 전부는 아니라고 생각한다. 환자의 정서와 심리적인 상황 나아가 그 환자의 영혼을 위하여 같이 기도하고, 그 아픔을 같이 나눌 수 있어야 비로소 올바른 본연의 의료행위를 하는 것이라고 생각한다.

그리고 현대사회에서 매스컴이 가진 위력은 대단하다. 그 어떤 힘도 매스컴을 상대해 이길 수 없다. 그래서 무관(無冠)의 제왕이라 일컬어지는 것이다. 매스컴은 사회의 공기(公器)다. 그래서 사회의 어느 분야에 종사하는 사람들보다도 더 높은 도덕성과 무거운 책임감이 수반되어야 한다고 생각한다.

| 목욕탕집 여주인과 수탉 |

내가 그 목욕탕을 다니기 시작한 지도 십년이 넘었다. 내가 사는 아파트의 바로 건너편이 을숙도다. 친구 두 명과 매일 새벽에 을숙도에 나가서 운동을 하고 돌아오면서 낙동강 하구언 부근에 있는 이 목욕탕을 이용하였다. 바다가 가까워서인지 해수 냉탕이 좋았다.

그 시절 을숙도는 지금처럼 개발이 안 되고, 주차장 시설만 덩그러니 되어 있었고 주변은 갈대밭 그대로였다. 우리는 주차장 주변과 을숙도 북단의 오솔길을 따라 조깅도 하고, 속보 걸음으로 한 바퀴씩을 돌기도 하였다. 날이 일찍 밝아지기 시작한 봄철부터 여름까지는 갈대밭 속의 빈터를 찾아 배드민턴 치기 운동을 하기도 하였다. 봄철 아침은 갈대밭에서 새들의 지저귀는 소리가 그렇게 좋을 수가 없었다.

우리들은 거의 하루도 거르지 않고 새벽마다 을숙도에서 운동을

하였다. 그리고 땀에 흠뻑 젖어서 이 목욕탕을 찾아가는 것이 일과
가 되었다. 목욕탕 카운터에는 사십대 중반의 서울 말씨를 쓰는 교
양이 있어 보이는 여자 주인이 우리들을 맞아 주었다.

우리들의 이 아침 운동에 차츰 가족이 늘어났다. 목욕탕에서 알
게 된 J사장 부부와 운동을 하면서 합류가 된 여자분 두세 명까지
합하여서 모두 예닐곱 명이 되었다. 일정한 시간에 들이닥치는 우
리 패거리를 목욕탕 여주인에게는 기다려지는 손님이 되어 버린 것
같았다. 어떤 때는 문밖에 나와서 우리가 오는 것을 기다리고 서 있
기도 했다.

그렇게 재미있던 운동 팀이 사람 수가 줄어지기 시작하였다. 먼
저 J사장이 이사를 가면서 그 부부가 빠졌다. 한 사람 한 사람이 이
런 저런 사정으로 빠지면서 나중에는 나 혼자가 되어 버렸다. 혼자
서 하는 운동이 재미가 있을 리도 없었다. 예닐곱 명이 떼를 지어서
목욕탕으로 몰려오다가 어느 사이에 나 혼자가 되어 다니는 것이
목욕탕 여주인의 눈에 안쓰럽게 보였던 모양이다.

어느 날 나를 보고 "꿩 떨어진 매 신세가 되었네요, 아니 매가 아
니다. 수탉이다! 수탉!……" 하면서 농을 걸어 왔다. 우리 패거리 일
행과 여주인과는 이 몇 년 동안을 목욕탕을 드나들면서, 어느 사이
에 서로가 스스럼없이 반 농담을 하고 지나는 사이가 되어 있었던
것이다. 그 뒤로 나만 보면 '수탉! 수탉!' 하면서 놀렸다.

그녀는 서울 태생이라고 하였다. 몇해 전에 남편과 남아메리카의
아르헨티나 어딘가로 이민을 갔다가 어떤 연유였는지는 모르지만
전연 연고가 없는 이곳에 와서 목욕탕업을 하고 있는 것이다.

얼마 후 아파트 반대편 쪽에 목욕탕이 새로 생기면서, 매일 아침

얼굴을 대하던 목욕 손님이 하나 둘씩 빠져 나가기 시작하였다. 그러다 보니 내가 맨 먼저 오는 손님이 되었다. 어떤 때는 텅 빈 목욕탕에 나 혼자서 목욕을 마치고 나갈 때도 있었다.

내가 혼자가 되어 수탉 신세가 되듯이, 이 목욕탕에 아침 손님의 발길이 끊어져 버린 것이다. 그래도 새벽 다섯 시에는 목욕물을 꼭꼭 데우고 오지 않는 손님을 기다려야 하는 것이 목욕탕 영업이다. 이 목욕탕 주인은 그렇게 나 한 사람을 위한 아침 목욕물 데우는 일을 한동안 계속하였다. 이발사도 나가고, 때밀이도 없는 목욕탕이 되어 버렸다. 탈의실에 들어서면 찬바람이 돌았다.

그렇게 얼마를 지난 어느 날 여주인이 목욕탕 문을 나서는 나를 불러 세우더니 그간의 사정을 이야기하였다. 이민 생활에서 적응을 못하였다고 한다. 한국의 물정을 모르고 그곳 교포의 소개로 여기 목욕탕을 인수를 했는데 내가 예상한 대로 계속하여 적자운영으로 영업을 할 수 없는 사정이 되었다는 것이다.

이민 생활에서 적응을 못하였듯이, 고국에 와서도 역시 같은 사정이 되었다는 것이다. 그 사이 목욕탕을 처분하려고 내놓았는데도 매매가 안 된다고도 했다.

이 달 말에 어쩔 수 없이 목욕탕 문을 닫아야겠다는 말을 하는 그녀의 표정에서 언제인가부터 그녀의 그 장난기 있는 얼굴에서 미소가 가서 버린 이유를 비로소 알게 될 것 같았다.

| 코스모스 꽃 같았던 여인 |

며칠 전 일요산행을 나갔다가 돌아오는 길에 지하철 종점 화단에 핀 코스모스가 눈길을 끌었다. 파란 하늘과 바람에 흔들리는 그 가냘프기 만한 잎새와 꽃잎은 해마다 이 가을과 함께 그녀를 생각하게 한다. 코스모스 꽃처럼 깨끗하고 슬프도록 아름다운 추억을 남기고 간 그 여인을……

충무는 아름다운 항구 도시다. 충무항을 동양의 나폴리에 비유하는 것도 바로 이 아름다운 포구를 두고 하는 말이라고 생각한다. 나는 아까부터 포구를 내려다보면서 좀처럼 생각의 갈피가 잡히지 않는 기억을 더듬고 있었다. 지금 이 찻집 카운터 앞에 서 있는 저 여인. 검정색 한복에 머리를 깨끗하게 다듬어 어깨 위로 내리고 있는, 가냘프고 얼굴이 유난히 희고 눈이 맑은 저 여인을 나는 틀림없이 그 전에 어디서 보았다.

내가 이곳 충무로 전근을 온 지도 벌써 두 달이 넘었다. 포구를 내려다 볼 수 있는 이 찻집이 좋아서 자주 드나들면서 이 자리는 이 시간에 내가 앉는 자리가 되어 있었다. 그런데 오늘 아침은 얼굴 마담이 바뀌어 있다. 새로 온 저 여인은 분명히 낯이 익은 얼굴이다. 차를 시키고 가까이서 보니 어디서 본 얼굴임에 틀림없다. '어디서 보았을까…… 어디서 분명히 보긴 보았는데……' 어디서? 그녀에게 '어디서 왔느냐? 고향이 어디냐?'고 물어보았다. 웃기만 하고 대답을 않는다.

나는 이런 접객업소에서 일하는 사람은 원래 자기 신상에 관하여 말하는 것을 꺼리는 모양이라고 생각하였다. 실제로 자기의 성도 이름도 바꾸어서 행세하는 경우도 많이 보아왔다. 그래서 더 캐묻지 않기로 했다. 그리고 며칠 지난 후, 문득 그녀에 대한 기억을 하게 되었다.

아 그렇다! 바로 그 때 그녀를 보았다!

내가 경북 S시에 있을 때 일이다. 직원 한 사람과 같이 관내인 탄광촌 M읍을 거쳐서 Y읍으로 출장을 나가서 하룻밤 숙박을 하고 돌아온 일이 있다. 그날 우리는 저녁을 먹고, 어느 찻집에 들어가 차를 시켜 마시면서 마침 그 찻집 종업원에게 조용한 여관을 알아봐 달라고 부탁을 하였다.

다음날, 아침을 먹고 Y읍을 출발하면서 그 찻집에 다시 들러서 좋은 여관을 안내해 줘서 고맙다고 인사를 하고, 모닝커피를 시켜 먹고 나왔다. 검정색 한복에 흰 얼굴의 단아한 모습이 그 때 내 뇌리에 마치 가을 들길에 핀 코스모스 같다는 생각을 하게 했었나 싶다.

그날 퇴근길에 나는 그 찻집을 찾아갔다. 1년 쯤 전 Y읍에서 그녀를 처음 보았노라고, 내가 기억하게 된 이야기들을 대단한 사실이라도 알아낸 것인 양 의기양양하게 말하였다. 그녀가 수긍을 하였다. 그때 남자 두 분이 여관을 안내해 달라고 해서 좀 당황했었다하고, 다음날 두 분이 다시 와서 모닝커피를 시켜 드셨다면서 기억을 하였다.

우리는 그 일이 있고 난 뒤, 서로가 마음이 열린 사이가 되었다. 마치 오래 전에 인연을 가졌던 사람들이 다시 만난 것처럼 가까운 사이가 된 것이다. 그녀는 내가 직장이 어디며, 이곳 충무에서는 어떻게 지나고 있는지 등을 물어 오기도 했다.

그녀는 울릉도가 고향이고, 어머니는 일찍 돌아가셨으며, 그곳에서 여고를 졸업하였다고 했다. 우체국장을 하시던 아버지가 얼마 전에 돌아가신 후, 새 어머니한테서 출생한 두 여동생의 학비를 지금 그녀가 벌어서 보내주고 있다고도 했다. 큰 동생은 지금 대학에 다니고 막내는 고삼(高三)이라고 한 것 같다. 나는 그 말을 들으면서 의붓 동생의 학비 때문에 이런 데 나와서 일하고 있다는 그녀가 기특하기도 하고 예사롭게 보이지 않았다.

그러던 어느 날 그녀로부터 전화가 걸려 왔다. 서둘러 퇴근을 하여 그 찻집으로 가 보니 예상한 대로 그녀가 보이지 않았다. 얼굴 마담이 그 사이에 바뀐 것이다. 대개 3, 4개월 쯤 있으면 일자리를 옮겨 다녀야 하는 것이 그때 그녀들의 취업사정이었다.

조금 후 그녀가 지금까지와는 전혀 다른 모습을 하고 내 앞에 나타났다. 양장을 하였는데 한복을 입었을 때보다 훨씬 나이가 덜든 이십대 초반으로 보였다. 뒤에 알게 된 그 때 그녀의 나이가 겨우 스물 넷이었다. 그 나이 또래는 대개 찻집에서 차를 나르는 레지로 일하는 것이 보통인데 그녀는 좀 더 보수를 낮게 받는 얼굴 마담을 하려고 일부러 나이가 든 행세를 했던 모양이다.

우리는 충무관광호텔이 보이는 해안을 따라 천천히 걸었다. 그녀가 내게 조심스럽게 다가와 팔을 가만히 끼었다. 유난히 많이 핀 길가의 코스모스가 어느새 저무는 가을빛 바다 노을과 어울려 물결을 이루는 해변의 아름다운 길이었다. 그리고 그녀는 그 후 내가 충무에 있는 동안 두 번인가 다녀간 기억을 한다. 일하는 곳을 옮길 때마다 잠깐씩 틈을 내어서 왔다고 했다.

내가 원 근무지인 부산으로 돌아오고, 몇 해가 지난 어느 날 나는 내 사무실에서 낯선 음성의 젊은 여자로부터 한 통의 전화를 받았다. 그녀의 바로 아래 동생 된다고 자기 소개를 했다. 그녀가 학비를 대어줘서 그때 대학에 다니고 있다는 바로 그 동생이라고 생각되었다.

그날 나는 놀라운 소식을 들어야 했다. 결혼도 하고 아이까지 있다는 이야기를 이미 들어서 알고 있는지라, 지금 쯤 행복하게 잘 살고 있으리라고 생각한 그녀가 위암 말기의 위독한 상태로 지금 대구 어느 병원에 입원 중에 있다 하고, 오는 일요일 시간이 있으면 한 번 다녀가 줄 수 없겠느냐는 부탁이었다. 와야 할 시간을 미리 알려주면서 꼭 시간을 지켜 달라는 말까지 하였다. 아마 환자 곁에 있게 될 남편이나 시가(媤家)측 가족들이 없는 시간을 타서 오게 하는 것 같았다.

약속한 날 시간에 내가 병실에 들어서자 내게 전화를 한 듯한 젊은 여자 분이 얼른 나를 알아보고 자리를 비켜 주었다. 나를 맞이하는 그녀는 그 사이에 얼굴이 많이 여위어 있었다. 오게 해 미안하다는 말을 들으면서, 나는 왜 이렇게까지 되도록 있었느냐, 지금이라도 수술을 하면 안 되느냐, 안타까워서 무슨 말을 어떻게 해야 할지를 몰라 이 말 저 말 두서없이 하면서 허둥대는 내가 오히려 그녀를 민망스럽게 하고 있다는 생각이 들었다.

그녀가 몇 해 동안을 계속 찻집 종업원 생활을 하면서 너무 많은 양의 위장에 부담이 가는 커피 등 음료수를 마신 것이 원인이라고 내 나름대로의 생각을 했다. 계속 속이 쓰리고, 소화가 안 되는데도 대수롭지 않게 생각하였다 한다. 그때마다 소화제를 먹는 정도로 지나온 것이 병세가 이렇게 되기까지 그간의 사정이었던 모양이다. 그래도 그녀의 눈빛만은 병고에 시달리면서도 변함없이 내가 처음 만났을 때의 그 맑은 눈빛 그대로라고 생각되었다.

그녀의 눈은 참 맑았다고 기억한다. Y읍에서 그녀를 처음 보았을 때의 단정한 몸매, 하얀 얼굴에 맑은 눈을 보고 나는 마치 가을 하늘 아래 바람에 나부끼는 한 떨기 코스모스를 연상하였다. 나를 바라보고 있는 그녀의 눈에 어느 사이에 이슬이 맺히고 눈물이 여윈 볼을 타고 흐른다. 나는 손수건을 꺼내어 눈물을 닦아 주면서 나도 모르게 핑하고 내 눈에도 눈물이 고여서 그녀의 얼굴을 흐려 보이게 하였다.

그녀한테는 남매가 있다고 했다. 그 아이들은 그녀가 어머니를 여의고도 티 없이 자랐듯이 새 엄마를 만나서 잘 자랄 것이라 생각한다고 했다. 다만 안쓰럽다는 마음이 들지만 어쩔 수 없는 일 아니냐고도 했다. 그보다 아내로서 평생을 같이 하지 못하고 먼저 가게 되어서 남편에게 미안하다는 말을 하였다. 여자란 마지막 가는 길에도 그 지아비에 대한 다하지 못한 인연의 끈을 끝내 놓지를 못하고 마음의 짐으로 지고 가는 것인가 싶었다.

　나는 마음 속으로 이 세상에서 어느 누구보다도 착하게 살아온 이 여자에게 그녀를 사랑하는 사람들과 좀 더 오래있도록 해 달라고 간절한 기도를 했다. 그 날 나는 떨어지지 않는 발걸음으로 그녀를 뒤로 하고 병실을 나와야 했다.

　내가 병원 문을 나서는데 유난히 맑게 갠 가을 하늘과 병원 정원에 핀 무수한 코스모스 꽃잎이 나의 눈을 시리도록 아프게 했다. 그녀의 얼굴이 그 코스모스 꽃잎마다에 포개어지면서······.

제4부 _ 따뜻한 이야기들

| 보리밥 이야기 |

1.

아내와 시장에 나갔다가 특미 보리밥이라고 식당문에 걸린 간판을 보고 들어갔다. 도시 생활을 하면서 좀처럼 먹어볼 기회가 없는 것이 보리밥이다. 우리 내외는 다 시골에서 자랐다. 옛날 그 시절의 우리가 먹던 보리밥 맛을 기대하면서 식탁에 날라져 온 찬과 밥을 받았다. 비빔용 큰 그릇에 보리밥과 열무김치, 고추장, 이제 막 끓기 시작한 된장찌개가 전부였다. 우리 내외는 익숙한 솜씨로 비빔용 그릇에 열무김치를 가득 넣고, 고추장 한 숟갈에 끓고 있는 된장찌개를 듬뿍 퍼 넣어서 숟가락으로 비벼대기 시작하였다. 식당 종업원 아가씨가 참 맛있게 비빈다고 한 마디 인사까지 해 준다.

그날 우리 내외는 식당을 나오면서, 방금 우리가 먹은 보리밥에 대한 품평을 하였다. 아내의 말에 따르면, 보리쌀은 늘보리와 쌀보리의 2종이 있다. 그 중 늘보리쌀이 밥이 부드럽고 좋다. 오늘 우리가 먹은 보리밥은 쌀보리쌀인 데다가 충분히 퍼지지를 않았다. 거기다가 보리밥으로 하는 비빔밥에는 된장찌개에 미더덕이나 조개류의 해산물이 들어가야 맛이 한결 나는데 그렇지를 못했다는 것이다. 아내는 해변가에서 크고, 내가 자란 곳은 들녘이다. 같은 보리밥이라도 지방의 음식 하는 방법이나 또 들어가는 재료에 따라서 맛이 다르기 마련이다. 내 경우는 들녘이나 산에서 나는 나물 종류가 비빔밥에 들어가는 것이 고작 전부였다.

아내가 맛있게 비빔밥을 한 번 만들겠다고 했다.

며칠 후, 우리 집에는 보리밥으로 비빔밥 파티를 열었다. 그 자리에는 같은 아파트에 사는 아내의 먼 집안 동생뻘 되는 한 동네 해변가 마을에서 시집 온 부부가 초청되었다. 아내의 정성과 솜씨가 들어간 해변가 마을 사람들이 즐겨 먹는 맛있는 비빔밥이었다. 그날 아내의 어린시절의 고향 이야기가 곁들여진 것은 물론이다.

정말 맛이 있었다.

2.

시골에서 자랐으면 누구나 어릴 때 어머니가 지어주신 보리밥에 대한 추억은 잊을 수가 없을 것이다. 나의 어머니는 한여름 불볕 더위도 아랑곳 않으시고 밭일을 하거나, 일꾼들이 있는 날은 들에 새참을 날라다 주고 종종걸음으로 집으로 와 곧 바로 점심밥 지을 준비를 하신다. 그럴 때는 어머니의 베적삼 등은 항상 땀으로 젖어 있었다.

한여름에는 방에 불기가 안 들어가야 한다. 방이 더우면 잠을 못자기 때문이다. 그래서 여름이 되면 무쇠 밥솥이 마당가로 나오게 된다. 보리타작한 뒤의 보릿대로 그 무쇠 밥솥에 불을 지펴서 어머니는 뜨거운 불을 안고 여름날 한낮에 밥을 짓는다. 곱(再) 삶은 보리쌀 밥솥에 된장 뚝배기 그릇과 밭에서 바로 따온 호박잎, 굵은 감자 몇 낱알을 같이 넣어 밥이 끓고 나서도 충분히 뜸을 들인 다음 솥뚜껑을 연다. 어머니는 된장 뚝배기와 호박잎을 먼저 들어내고, 주걱으로 밥솥 안에서 잘 익은 감자를 툭툭 깨면서 보리밥에다가 같이 으깬다. 그 밥을 익힌 호박잎으로 싸서 된장을 얹어 먹으면 세상에 이런 더 맛있는 점심밥이 또 어디에 있을까. 거기에 열무김치라도 있으면 금상첨화다.

어머니가 지어 주시던 어린 시절의 그 맛있던 보리밥에 대한 추억은 영 잊을 수가 없다. 나는 가끔 아내에게 보리밥을 해 먹자고 한다. 그러나 아내가 해 주는 보리밥은 어머니의 옛날 그 맛이 아니다. 아내는 무쇠 밥솥은 불을 받는 솥 밑바닥 면적이 넓은 데다가 땔감이 지금의 가정용 가스 화력과는 비교가 안 되게 세다. 거기다가 무쇠 특유의 솥 안의 열 전달이 잘 되고, 솥뚜껑은 지금의 압력밥솥의 역할을 하기 때문에 밥이 충분히 퍼지면서 잘 된다는 설명이다. 지금의 양은솥이나 스텐 냄비 솥과는 비교가 안 된다 했다. 무쇠로 만든 솥으로 밥을 지었던 우리 조상들의 지혜로움이 새삼 감탄스럽다는 생각을 하게 된다.

그 시절 맛있게 보리밥을 지어 주시던 어머니도 이제 먼 저세상으로 가시고, 그 때의 보리밥에 대한 추억도 돌아올 수 없는 옛 이야기가 되어 버렸다. 당신 손수 밥을 지으면서도 더운밥 한 끼 제대로 잡수시지 못하고 힘들게 한 평생을 살고 가신 어머니시다.

어머님!

오늘 불효한 자식이 이 나이가 되어 비로소 당신의 마음을 헤아리게 되는 것 같습니다. 사랑하는 나의 어머님.

| 쑥 이야기 |

　이른 봄(早春) 산수유 꽃이 필 무렵이면, 어느 사이에 산길 양지 바른 길섶에는 쑥 잎이 돋아난다. 쑥에는 냉이의 그것과는 또 다른 우리의 입맛을 돋우어주는 맛과 향이 있다. 은은하고 따뜻한 어머니의 젖 냄새 같다는 생각을 하게 한다.

　지난날 우리의 어머니와 누이가 이맘 때 쯤이면 산으로 들로 허기가 진 배를 치마끈으로 졸라 매면서 쑥을 캐러 나섰다. 쑥에는 힘들었던 그 시절의 애환이 담겨있다. 그 쑥으로 희멀건 죽을 쑤기도 하고, 쌀가루가 아닌 쌀겨나, 보리겨로 버무려 떡을 만들어 먹기도 하였다. 지금 우리가 먹는 부드럽고 쫄깃쫄깃한 맛있는 그런 떡이 아니다. 그래도 그 쑥으로 빚은 떡이 허기를 면하게 하여 주어서, 그 시절에는 더 없이 고마운 먹을거리였다.

　쑥은 짓밟히고, 호미나, 괭이의 날에 찢기어 나가고, 또 뿌리채 파헤쳐져도, 살아서 끈질기게 번식을 한다. 어쩌면 그 시절 억척스러웠던 우리의 어머니 누이의 고단하게 살았던 삶의 바로 그 모습이라고도 할 수 있을 것 같다.

쑥은 다년생 풀로서 영양가가 높고, 약용으로도 우리 생활에 없어서는 안 될 사랑받아온 식물이다. 배탈이 나거나 멍든 데에 즙을 내어 먹기도 하고, 찧어 바르기도 하는 우리 생활 주변에 있는 민간요법의 약용 식물이다.

나는 어릴 때 배앓이를 자주 하였다. 돌 절구통에 쑥을 찧어 삼베로 짜서 밤이슬을 맞힌 다음 쓰다고 안 먹으려고 떼를 쓰는 데도 할머니는 나를 어르고 달래면서 그 쑥물을 꼭 먹이곤 했다.

얼마 전부터 아내는 수지침 강의를 받으러 다니더니, 어느 사이에 제법 아는 소리를 한다. 일구(一灸), 이침(二鍼), 삼탕(三蕩)이라나. 한방 치료에는 쑥뜸이 최고이며, 그 다음이 침술이고, 약재 탕은 효능이 제일 아래라는 뜻이라 했다. 그러면서 아내는 나더러 걸핏하면 쑥뜸을 뜨자 한다. 요즘의 쑥뜸용 뜸 재료는 직접 피부에 불기운이 닿지 않도록 만들어져 있다. 쑥이 타면서 불기운이 약간 뜨겁기는 해도 피부가 화상을 입을 정도는 아니라서, 참고 견딜 만하다. 쑥뜸을 뜨고 난 뒤에 오는 아련한 후감(後感)이 좋다. 그래서 요즈음 나도 쑥뜸을 자주 뜨는 편이다. 그리고 약쑥이 타면서 내는 향이 참 좋다.

쑥 이야기를 하다 보니 생각나는 이야기다.

내가 전문직(專門職)에 종사하면서 합동으로 영업을 하면서 공동경리를 하는데 사단(事端)이 생겼다. 그 중에 한 사람이 수입금 일부를 개인 호주머니에 슬쩍 넣고는 내놓지를 않았는데 면전에서 시정을 요구하기도 난감하였다. 그러던 차에 소속원 한 사람이 어느 한서(漢書)에서 발췌해 왔다면서, "봉생마중 불부자직(蓬生痲中 不扶自

直)"이라는 글귀를 내놓으면서 이 글귀를 현판으로 만들어서 사훈(社訓)으로 사무실에 걸어 두자는 제의다.

그 뜻인즉, 비록 옆으로 퍼지는 습성을 지닌 쑥(蓬)이지만 삼밭(麻田)에서는 저절로 곧게 선다. 우리 모두가 주위에서 정직하게 처신을 하면, 그 한 사람도 삼밭의 쑥처럼 저절로 바르게 된다는 다분히 교도적(矯導的) 효과를 기대해 보자는 의미라 했다. 그 효과가 어떠했는지에 대하여는 더 말하지 않기로 한다.

또 엉뚱한 이야기가 생각난다. '쑥밭'이나 올곧은 대(竹)까지 붙여서 '쑥대밭'은 영 다른 의미가 되어 버린다.

우리에게 어려울 때 요긴한 먹을거리가 되어주고, 여러 가지로 귀한 약의 효능이 있는 소중한 쑥이 쑥밭이나 쑥대밭이라 하면 폐가(廢家)나 흉가(凶家)를 연상케 하는 일이 잘못되어져 간 경우를 나타내는 전혀 엉뚱한 의미를 갖게 되는 것일까. 쑥은 어디에서 자라든 사람을 위한 소중한 식물이다. 이러한 쑥이 나쁜 의미의 뜻으로 비유되는 것은 사람이 살지 않는 집에 쑥이 나고 대가 자라게 되어 연유가 된 것 같기도 한데 안타까운 일이다.

지구의 이상(異常) 기온으로 인하여 식물의 생성 분포도가 많이 변하여 가고 있다. 지금까지 우리나라의 기후 조건에 잘 적응하여서 지천으로 자라고 있는 쑥이 어느 날 우리 곁에서 희귀한 식물로 되었을 때를 상상해 보자.

쑥에 대하여 새삼 고마운 마음을 가져야 되겠다는 생각이 든다. 우리가 예사로 짓밟고, 지나다니는 길섶의 잡초나 다름없는 쑥이지만, 앞으로는 애정 어린 눈으로 다시 보았으면 한다.

쑥은 우리에게 고마운 식물이다.

| 넥타이 유감(有感) |

모처럼 아파트 거실 너머로 을숙도와 가덕도가 선명하게 보이는 아침이다. 지난 여름 내내 운무(雲霧)로 가려져서, 바로 앞의 낙동강 하구(河口)를 제대로 볼 수가 없었는데, 운무가 걷히고 찬란한 아침 해가 떠오르자, 가을이 성큼 다가온 것을 느끼게 한다.

콧노래라도 나올 것 같은 기분이다. 상큼한 옷차림으로 가을 기분을 내야겠다는 생각을 하면서, 약간 밝은 색깔의 와이샤쓰로 갈아입었다. 어떤 넥타이가 이 와이샤쓰에 어울릴까 하고 옷장에 걸려 있는 넥타이를 훑어보았다. 나는 평소에 넥타이에 욕심이 많은 편이다. 내 취미다. 그래서 가족은 물론이고, 내 이런 취미를 아는 사람은 다른 선물보다 넥타이 선물을 많이 한다.

며칠 전에 내 옷장걸이의 넥타이를 여름 것에서 가을철에 맞는 색깔로 바꾸어 정리를 했다. 약간 밝은 바탕에 노란 들국화 무늬가 있는 넥타이가 눈에 들어왔다. 이 넥타이는 몇 해 전에 동생네 집

제수(弟嫂)씨로부터 생일 선물로 받은 것이다. 흰 바탕에 들국화 꽃무늬가 그려져 있고, 잎새와 줄기는 검정색 바위와 배색이 되어 운치가 있다. 한 폭의 동양화를 보는 느낌을 주는 깨끗한 디자인이다.

지금 입고 다니는 양복은 콤비인데, 흰색과 검정색으로 잔잔한 체크무늬가 된 상의와 검정색 바지다. 이 넥타이와 어울릴 거라는 생각이 들었다.

내가 출근을 하려고 현관을 마악 나서려는데, 아내가 "그 넥타이가 좀……" 하는 것이 아닌가. 아내는 평소 옷의 디자인이나 색감에 남다른 데가 있다. 여간한 옷은 손수 만들어서 입기도 하고, 입던 옷을 고쳐서 입는 정도는 예사로 한다. 색깔에 대한 감각도 있는 편이다. 그런 아내가 내가 오늘 아침 메고 나서는 넥타이가 마음에 안 들었던 모양이다. 왜 그러냐니까 가을에는 좀 진한 색깔의 넥타이가 계절에 어울린다는 것이다.

그런 말을 하는 아내이지만 평소에는 내가 입는 옷이나 넥타이에 대하여 관심을 가지지 않는 편이다. 우리가 40년 이상 같이 살아오면서도, 서로가 입는 옷이나 특히 내가 넥타이를 바꿔 매는 것 같은 일상의 일은 우리 사이에 의례히 스스로 알아서 하는 것으로 되어 있다. 아내 말은 평소에 내가 알아서 잘하는 편이라서 자기는 신경 안 쓴다는 것이다. 나도 아내가 외출하면서 어떤 옷을 입든지 참견을 하지 않는다. 그런 일은 아내가 알아서 할 일이라고 생각해 왔다.

다른 사람들이 아침에 출근하는 남편에게 아내가 넥타이를 골라서 매어 준다는 말을 들을 때에는, 나도 아내가 그렇게 해 주었으면 하는 부러움이 없잖아 있기는 하였다.

오늘 아침은 한껏 가을맞이 기분을 내면서 출근하려는데, 평소 그렇지 않던 아내가 내 이 기분에 초칠을 해 버린 셈이다. 그렇다고 현관까지 나왔는데 되돌아 들어가서 넥타이를 바꿔서 맬 수도 없는 노릇이다. 아파트를 나서니 청명한 햇살이 가을을 완연히 느끼게 한다.

출근을 하였다가 S구청에 용건이 있어서 2호선 지하철로 금련산 역에서 내렸다. 보도에 나서니 햇살에 눈이 부시다. 가로수 위로 보이는 가을 하늘이 오늘따라 더 높고 푸르다. 쪽빛 호수의 물감에 담갔다 건져낸 듯한 색깔이다. 아침에 아내로부터 지적을 받기는 했지만 날씨가 청명하니 내가 입은 콤비의 양복과 넥타이가 잘 어울린다는 생각이 들었다.

S구청 민원실 담당 여직원이 나를 호기심 있는 눈으로 보면서 "넥타이가 잘 어울려요"라고 한다. 내가 반색을 하면서, 아가씨 보는 눈이 대단하다고 나도 칭찬을 하였다. 그 여직원은 나의 희끗희끗한 머리에 콤비와 넥타이의 국화꽃이 어울려 가을을 느끼게 한다는 것이다.

나는 순간 들뜬 기분이 되었다. 집에 돌아가면 현관에 들어서면서 큰 소리로 이 기분을 아내에게 꼭 알리고 싶었다. 구청의 민원실이 순간 환하게 느껴지기까지 하였고, 구청 마당으로 나서는데 아까보다도 더 찬란한 가을 햇살이 어깨 위로 쏟아져 내렸다.

여직원은 오늘 민원인을 위하여 업무처리만 잘 해 준 것이 아니라, 민원인의 기분까지 전환시켜 주는 훌륭한 서비스를 한 셈이다.

| 나이(齡) 자랑 |

언젠가 당한 이야기다. 그것도 내 나이보다 훨씬 젊은 여자로부터서다. 지공을 아느냐고 물어왔다.

"지공(智空)? 지공(芝公)?"

어느 스님의 법명을 물어오는가 하여 의아해 했더니 글쎄 물어온 상대편에서,

"지공을 아느냐가 아니고 지공이냐고 물었어요."

"글쎄 무슨 말인지?"

그러고는 그 순간 내 입에서 "아! 아! 하! 하!" 하고 허탈한 탄성이 나왔다. 지하철을 공짜로 타느냐고 묻고 있는 것이로구나. 어느 사이에 벌써 상대편에게 내가 지하철을 공짜로 타게 되는 나이로 보였었구나. 서글픈 이야기지만 어쩔 수 없는 현실인데 어쩌랴. 나는 평소에 이렇게 나이대접을 받아오고 있다.

우리는 산행을 하면서 서로의 나이를 말하지 않기로 약속이 되어 있다. 그 이유는 지금 우리는 젊은 사람 못지 않게 산을 오를 수 있다. 그리고 우리 자신의 연령을 잊고 살아가는 것이 정신건강에도 좋다. 산행을 하는 동안만은 적어도 그렇게 하기로 하였다.

오늘은 어린이 날이자 토요일이다. 마침 내일(일요일) 비가 온다는 일기예보를 듣고 산행을 하루 앞당기기로 한 것이다. 언제나처럼 오전 9시 정각 우리들은 노포동 지하철역 종점에 모였다. 예비멤버가 참가하는 날도 있는데, 오늘은 고정멤버 네 명뿐이다. 다들 예순을 넘긴 나이다.

우리는 오늘의 산행을 천성산으로 결정하고 Y대 방향으로 가는 버스를 탔다. 이 코스는 오랜만에 가는 셈이다. 대학 구내에서 등산로 입구까지가 비가 온 뒤나 겨울철 얼었다 녹기 시작하면 등산화에 황토 흙이 달라붙어서 걷기가 여간 힘들지 않았었다. 그런데 우리가 한동안 안 다닌 그 사이에 대학의 구내가 깨끗하게 정리되고, 등산 안내판이 세워지고 등산로 입구까지도 손질이 잘 되어 있었다.

내가 몇 해 전에 처음으로 이곳 등산로 입구에서 안부(鞍部)까지를 오르면서 무척 힘들어 했던 기억을 지금도 한다. 세 번인가 네 번을 쉬고 겨우 오를 수 있었다. 그런데 근년에 와서는 한 번도 쉬지 않고 그렇게 힘들어 하지 않고 거뜬히 오른다. 산행을 열심히 한 결과라고 생각한다. 체력의 단련이란 이처럼 참으로 대단한 것이라는 생각이 든다.

오늘도 그대로 안부까지 평소의 소요 시간대로 오를 수 있었다. 나보다 월등히 체력이 좋은 박 선생 다음으로 내가 안부에 올랐다. 그 다음이 Y여사 그리고 마지막은 언제나 오르막에서는 힘을 못 쓰는 P군이다. 우리 네 사람이 나이 많은 순으로 안부에 오른 셈이다.

내가 산행을 나설 때는 아내는 반드시 떡을 준비하여 배낭에 넣어 준다. 평소에 당뇨가 있기 때문에 산행 중 저혈당 증세가 올 것을 걱정한 아내가 중간에 간식용으로 먹도록 넣어주는 것이다. 우리 일행은 내가 가지고 온 떡을 쉴 참에 나누어 먹는다. 오늘도 떡을 먹으면서 곁에서 쉬고 있는 다른 등산객에게 한 조각을 나누어 주었다.

떡맛을 본 그 젊은 남자가 자기 와이프가 뒤따라오고 있다면서, 같이 먹도록 더 달라 한다. 그때 같은 일행으로 보이는 또 한 부부팀이 그 남자의 와이프와 같이 도착하였다. 결국 우리가 먹을 떡을 그 일행들이 축을 많이 내 버렸다. 우리는 떡 한 조각이 들어서 그 일행들과 금방 친해졌다. 그 남자의 와이프가 배낭이 무거워 힘들었다기에 그 말을 받아서 내가 30년도 더 전 지리산 종주를 나섰던 이야기를 했다. 2박 3일 먹을 식량을 가득 짊어지고 꼬박 마지막 날까지 처음 짊어진 배낭의 짐을 하나도 줄이지 못한 채로 일행에서 뒤처지지 않으려고 죽을힘을 다하면서 종주를 했다. 왜 그랬느냐고. 같이 산행하는 일행들이 먼저 도착하여 자기들 배낭에서 쌀과 반찬을 꺼내서 밥을 해놓고 나를 기다린다. 나는 그 밥 먹고 또 따라가야 하니 그렇게 된 것이라 했더니, 젊은 여자들 깔깔대면서 "그 사람들 나쁜 사람들이네 앞으로는 그런 사람들 하고 산행하지 마세요"라고 하는 것이다.

그러면서도 지리산 종주를 한 나를 대단하다고 치켜세웠다. 나는 그만 우쭐해져서 바로 3년 전 내 나이 예순일곱에 친구들하고 또 지리산을 종주했다고 자랑을 했다. 그 젊은 일행들이 모두 놀라워 했다. 내가 나이가 그렇게 안 되어 보인다. 십년은 젊어 보인다면서

149

야단들이다. 떡 한 조각이 이렇게 대단한 칭찬으로 돌아오게 될 줄은 미처 몰랐다. 나는 대단히 기분이 좋아졌다.

그런데 문제가 생겼다. 산행하면서는 나이 자랑을 하지 않기로 한 우리들의 약속을 오늘 내가 어긴 것이다. 일행들이 입을 모아 그냥 안 둔다고 벼르고 핀잔을 준다. 오늘은 핀잔을 받으면서도 왠지 기분이 좋다. 십년은 더 젊어 보인다고 하는 기분 좋은 말을 들었다. 그것도 젊은 여자들로부터 들었다. 그까짓 핀잔쯤이야 어떠하며, 나중에 하산하여서 약속 위반한 벌로 한턱 쓰게 된대도 괜찮다.

배낭을 들쳐 메고 벌떡 일어서면서 바라보는 파란 하늘과 신록이 오늘 따라 내 발걸음을 한결 더 가볍게 한다. 오늘은 참으로 기분 좋은 산행 날이다.

| 생맥주와 안주 |

 오늘은 운이 참 좋은 날이다. 하려는 일들이 꼭 짜 맞춘 톱니바퀴처럼 맞아 돌아가는 그런 날이었다. 매일 매일이 이렇게 잘 되어 간다면 어디 세상 사는 일 별로 걱정 안 해도 될 것 같은 생각이 든다.

 오늘 산행은 무슨 마음이 내켜서인지 Y여사가 음식 일체를 자기가 준비한다면서, 우리들에게는 빈 몸으로 울산행 버스를 타고 서창 시장통으로 오란다는 전갈이 왔다. 좀 이른 아침 시간이어서인지 울산행 시외버스도 생각보다 빨리 가 주었다. 고정멤버인 P형, P군, 나까지 세 사람은 약속시간보다 좀 이르게 서창에 도착하였다.

 Y여사는 평소에 천성산에 있는 D암자를 다니는 독실한 불교신도다. 서창시장에서 출발하는 그 암자 전용의 봉고차량에 우리를 타게 하였다. 한 더위에 산행을 하려고 나선 길이긴 하지만 땀 흘리지 않고 차를 타고 가게 되는 것부터가 우선 기분이 좋았다. 특히 오르막길에는 힘을 못 쓰는 P군이 제일 좋아하는 눈치다. 사실은 나도

바로 전날 금정산에서 개최한 고교 동창회의 하계행사 모임에 참가하느라 땀을 많이 흘려서 힘이 빠져 있던 참이라 싫지가 않았다.

우리는 그 차편으로 편안하게 천성산록에 있는 Y대 뒤편의 안부(鞍部)를 넘어서 D암자에 도착하였다. 산속의 아침나절은 공기도 맑고 시원하였다. 우리는 법당에 올라가 오늘 하루의 무사한 산행을 위하여 부처님께 참배를 하고 Y여사가 챙겨주는 음식을 나누어 짊어지고 가벼운 발걸음으로 계곡을 따라 걷기 시작하였다. 아직 등산객이 산에 오르지 않은 이른 시간이어서 바위 틈을 흐르는 청아한 물소리와 나무 위의 새소리가 우리를 마냥 즐겁게 해 주었다.

그렇게 오전 산행을 하면서 계곡으로 점심 먹을 만한 곳을 찾아들어갔다. 우리가 지금까지 이 산을 오르내리기를 수십 번을 하였지만 이런 좋은 장소가 어디에 있었나 싶을 정도로 마음에 쏙 드는 자리를 찾아 내었다. 먼저 지나간 산행꾼들이 냇물 가운데 넓은 반석 식탁에 대여섯 명이 빙 둘러앉도록 자리까지 만들어 놓아져 있었다.

모두 신을 벗고 냇물에 발을 담그니 그 시원함이란 이루 말할 수 없다. 막내 P군이 Y여사의 걷어 올린 다리를 보고 집적거리려다가 둘이 티격거려서 옆에 앉은 사람까지 물을 뒤집어쓰게 한다. 알고 보니 오늘이 Y여사의 62회 생신일이다. 그래서 음식 준비를 해 왔다는 것이다. 우리는 시원한 냇물에 발을 담근 채로 Y여사가 정성스럽게 해 온 점심밥을 맛있게 먹고, 좀 일찍 자리를 떴다. 아침 일기예보가 오후 늦게 천둥 번개를 동반한 국지성(局地性) 소나기가 온다 하여 산을 빨리 내려가는 것이 좋겠다고 생각해서다.

내려오면서 H교수 일행을 만났다. H교수는 나와는 고등학교 동기동창으로 그의 일행도 다 동문들이었다. 그들은 계곡 아래쪽에서 미리 점심을 했다면서 같이 온 S와 J를 먼저 하산시키고 오는 길이라 했다. 먼저 하산을 했다는 그 두 사람은 원래 우리 산행 팀의 예비 멤버였는데 못 따라다녀 힘들어 하더니 H교수 팀으로 적을 옮긴 셈이다. 오늘도 H교수가 그런 사유로 먼저 하산을 시켰는가도 싶다.

H교수 팀에 비하면 우리 팀은 호화멤버다. 오늘은 안 왔지만 K여사까지 여성이 2명이나 된다. 지난 주 역시 우리 팀이 천성산 집북재를 넘어 계곡으로 내려오면서 또 이 팀과 마주쳤는데 그 때 H교수가 부러운 시선을 하고 우리 팀을 스쳐 지나갔다.

우리는 내원사 입구에서 곧 바로 버스를 탔다. 범어사 지하철역 정류소에 도착하여 내리는데 웬걸 아니나 다를까 그렇게 좋았던 날씨가 갑자기 어두워지면서 비가 오기 시작한다. 우리는 비도 피할 겸 늘 다니는 목욕탕으로 빨려들 듯 들어갔다.

우리가 목욕을 하는 동안 밖에는 천둥소리에 번개가 치고 비가 많이 오는 것 같았다. 목욕을 마치고 마른 옷으로 갈아입고 날아갈 듯한 기분으로 목욕탕을 나왔다. 그 사이 날씨는 언제 비가 왔느냐는 듯이 그쳐 있었다.

우리는 근처의 생맥주집으로 들어가 자리를 잡았다. 금정산 등산객들이 이 시간이면 땀에 흠뻑 젖어서 시원한 생맥주를 찾는 곳이다. 오늘은 비를 맞아 생쥐처럼 된 등산객들이 줄을 이어서 들어온다. 생맥주 300CC 한 컵씩을 쭉 들이켜니 그 시원함이란 필설로 어디 말할 수 없을 정도다. 원래 생맥주 안주로는 팝콘이면 족하다. 그런데 오늘은 그 팝콘보다 더 좋은 안주가 우리를 기다리고 있다.

H교수 일행은 그 시간에 천성산을 넘어 갔으니 필시 장대 같은 비를 맞았을 것이다.

"그 일행, 비를 쫄딱(흠뻑) 맞았을 기다."

"천성산 정상으로 가다가 천둥 번개가 쳐 혼이 났을 걸."

"아냐 정상으로 안 갔을 기다. 산에는 여우같은 H교수가 필시 안부쪽으로 안 갔겠나."

"안부쪽으로 갔었더라도 길이 미끄러웠을 거 아닌가."

"미끄러져 엉덩방아 몇 번씩은 찧었을 기라."

"하하하하하……."

"호호호호호……."

우리는 공연히 즐거웠다. 우리는 생맥주를 한 컵씩 더 시켰다. 이제 안주는 안 시켜도 된다. 지금 팝콘보다 더 고소한 H교수 일행의 그 뒷이야기가 더 맛있는 안줏감이다.

우리 팀은 평소에 H교수 팀과 잘 지낸다. H교수는 등산 경험이 많을 뿐만 아니라 평소에 동행하는 일행들을 잘 배려해 준다. S와 J가 H교수 팀 쪽으로 가게 된 것도 그런 연유에서라고 생각한다. 어린애도 잘 거둬 주는 사람한테 따르듯이 그들도 자기들을 잘 돌보아 주는 H교수 팀으로 가는 것은 당연하다.

아무튼 H교수 일행 팀이 오늘 무사히 하산하였기를 바라며, 남은 맥주를 음미하는 기분으로 마저 마셨다.

| 김장용 비닐봉지 |

며칠 있으면 내 생일이 된다. 금년에는 아이들을 생일에 번거롭게 내려오도록 할 게 아니라 마침 이번 주말에 안팎으로 다 무관하게 지나는 집안의 혼사에도 가는 겸 우리가 아이들이 있는 서울을 다녀오기로 하였다. 혼주가 내어주는 차편으로 이왕 가는 길에 아이들에게 김치를 담아다 줄 생각까지를 하였다.

아내는 둘째가 잘 먹는다면서 물김치를 전날 밤 늦게 간을 맞춰서 담궈 놓고 넣을 비닐봉지를 찾느라 주방 서랍을 죄다 뒤지는 모양이다. 내가 잠자리에 들었다가 주방에서 하도 덜컹거려서 일어나 나와 보았다.

지난 가을에 김장용 비닐봉지를 쓰고 남은 것을 분명히 주방 서랍 어디에 넣어두었는데 안 보인다는 것이다. 아내가 바로 얼마 전에 부엌 서랍 정리를 하다가 눈에 띠어서 뒤에 쓰면 되겠다는 생각을 했다는 기억까지도 한다. 그렇다면 김장용 봉지가 있는 것은 분명하다. 그러고 보니 그 봉지를 내가 지난 가을 김장을 하는 날 마트에서 사 오는 심부름을 하였다. 처음 사 온 것이 중간치들의 봉지였는데, 배추포기가 많아서 안 되겠다고 하여서 다시 가서 큰 봉지를 사고 먼저 사온 것은 그대로 둔 것 같다. 찾는다는 것이 바로 그 비닐봉지인 모양이다.

밤 늦은 시간에 주방 서랍이란 서랍은 몇 번씩 번갈아 뒤지고 찾았지만 끝내 찾지를 못했다. 아내 말이 바로 얼마 전에 보았을 때, 매직펜으로 김장용이라고 쓴 얇은 종이 케이스 안에 봉지가 들어 있더라는 기억까지를 하였다. 이 즈음 들어서 부쩍 기억력이 쇠퇴해진 아내가 희한하게도 자세하게 기억을 해 낸다 싶었다.

끝내 찾지를 못하고 담근 김치를 일반 팩 비닐봉지에 두 벌 세 벌 싸서 조심스럽게 운반을 하여 무사히 애들에게 가져다주기는 했다. 그리고 내 생일상은 아이들을 찾아가서 얻어먹고 오는 셈이 되었다.

그리고 며칠을 지난 뒤 어느 날 밤 아내가 주방에서 탄성을 낸다 싶더니 뭘 치켜들고 내가 있는 방으로 들어왔다. 손에 그렇게 찾던 김장용 비닐봉지를 들고서. 그런데 매직펜으로 쓰여 있다고 한 종이 케이스는 없었다.

내가 "포장용 종이 케이스 안에 들어 있더라고 하더니?" 하니까 아내는 씨익 웃어 버린다. 그런 아내의 표정에서 나는 "그럼 그렇지! 어쩐지 용케 잘 기억을 한다 싶더라니!" 결국 아내는 이번에는 기억을 못해 낸 것이 아니라 있지도 않은 포장한 종이 케이스까지를 보았다고 엉뚱한 기억을 해냈던 것이다. 요즈음 아내가 그렇다니까!

| 희소(稀少)해져 가는 사촌(四寸)들 |

나는 평소에 4촌을 좋아한다. 점차로 그 4촌이 없어져 가고 있어서 안타깝게 생각한다. 한 가정에 한 자녀를 낳아 기르려는 가정이 많아지고 있다. 그러다보니 형제자매가 없게 되고 삼촌과 이모, 고모가 있을 수가 없다. 따라서 그 다음 세대인 4촌들이 없게 되는 것은 당연하다. 한 할아버지의 손자로서 친4촌, 내외종간의 외4촌·고종4촌, 어머니 쪽으로 한 외할아버지의 손자가 되는 이종4촌 등 4촌도 여러 갈래다. 그 4촌들이 없다고 생각해 보자. 얼마나 삭막한 가족관계가 되겠는가. 한 자녀만을 낳다 보니 이런 결과가 필연적으로 오게 되는 것이다.

4촌은 어떤 면에서는 친 형제간보다도 무관하고 편한 사이이기도 하다. 살아가다 보면 친 형제간 사이에 이해가 서로 대립되는 문제에 부딪치는 경우도 생각할 수 있다. 이런 때에는 아무리 피를 나눈 한 형제간이라 해도 양 당사자가 바로 면전에서 그 문제를 직접

거론하기가 적절치 못한 경우가 있다. 가까운 사이가 더 어렵다는 말이다. 이런 때에는 4촌을 통하여 그 어려움을 말하고, 그 말을 들은 4촌이 같은 4촌간인 상대편에게 서로 간의 입장을 자연스럽게 조율하여서 원만한 해결을 하게 할 수도 있을 것이다.

나에게는 아버지 형제가 다섯 분이시다. 내가 큰집의 맏이다 보니 4촌이 모두 내게는 동생뻘이다. 멀리 떨어져서 살기도 하고, 숙부들의 형제간 우애가 다소 소원한 편이기도 하여서인지 내왕이 뜸하다. 그렇다 보니 4촌들 간의 정이 남들 같지 않은 편이다. 반면에 외가로 어머니 형제자매가 일곱 분이어서 외4촌, 이종4촌은 얼른 그 수를 헤아리기도 어려울 정도로 많으며, 친 사촌에 비하여 잘 지내는 편이기도 하다.

우리는 흔히 '이웃사촌' 이라는 말을 한다. 남남끼리도 자주 만나게 되고, 흉허물 없이 대할 수 있는 사이를 '이웃사촌' 이라고 한다. 멀리 있는 4촌보다 이웃4촌이 낫다고도 한다. 4촌은 서로가 참 편하고 가깝게 느껴지는 사이다.

그런가 하면 4촌이 논을 사면 배가 아프다는 말을 하기도 한다. 꼭 사촌을 두고 하는 말은 아니라고 생각한다. 농경사회에서 가까운 사람이 논을 사는 것이 샘이 나서 생긴 말이 아닌가 생각된다. 그렇다고 용심이 나서거나 나쁜 의도에서 나온 말은 결코 아닐 것이다. 받아들이기에 따라 매우 토속적인 정겨운 말이 되지 않을까 싶다. 4촌은 서로 허물이 없고 못하는 소리가 없는 그런 사이다.

오래 전에 누구로부터 사람을 소개 받은 일이 있었다. 그 소개하는 쪽에서 4촌을 보낸다고 하여 오는 분이 그 분의 4촌인 줄 알았다. 오신 분이 오래 전부터 아는 사이처럼 참 편하게 느껴졌다. 소개한 분과 성(姓)이 달라서 친4촌은 아닐 터이고 내외종 간이나 이

종사촌간이려니 하여 넌지시 물었더니 글쎄 그 분이 웃으면서 사실은 다른 사람들이 자기를 통칭하여 4촌이라고 부른다는 것이다. 4촌처럼 편하게 느껴진다고 그렇게들 부른다는 것이다. 이 얼마나 흐뭇한 이야기인지…….

이 4촌을 지금은 자주 만나기는커녕 심지어는 생면도 못하는 경우도 있을 것 같다. 일찍이 해외로 이민을 하여서이거나, 서로 멀리 떨어져서 살다 보니 있을 법한 일이다. 4촌은 가까운 사이다. 앞으로 우리에게 그 4촌이 점차 희소해진다는 것은 애석한 일이라 생각된다.

| 열한 살과 두살박이 |

　열한 살은 외손녀이고, 두살박이는 친손자다. 지난 해 초에 기다리던 둘째한테서 쌍둥이 남매가 출생했다. 단손에 둘을 키우기가 힘들 것이라면서 좀 떨어져 살던 내 딸이 애들을 돌보아줄 겸 아파트를 제 오빠 집 곁으로 옮겨 간다기에 형제간끼리 서로 도우며 살겠다는 그 마음이 부모 입장에서는 대견스럽고 고마웠다.

　내 딸은 이제 열 살 드는 딸아이 하나뿐으로 식구가 단출하다. 마음만 있으면 고모로서 신생아 조카를 돌보아 주겠다는 것이 그리 대단한 일 같잖을지 몰라도 말이 그렇지 결코 쉬운 일은 아니었을 것이다. 그것도 무엇인가를 해 보겠다고 그 동안 준비를 해 오던 참이었던 모양인데, 그 계획을 뒤로 미루고 생각을 바꾸었다고 한다. 어찌 됐건 고마운 일이다.

　평소에 나는 애들 때에는 서로 싸우기도 하고, 더러는 야단을 맞기도 하면서 크는 것이 좋을 것 같다는 생각을 해 왔다. 그러는 가운데서 우애도 생기고, 서로 양보도 하고, 협력할 줄도 알게 될 것이다. 그러려면 우선 형제가 많아야 한다. 그런 의미에서 마침 혼자 외톨박이로 크고 있는 이 외손녀에게도 한꺼번에 동생이 둘씩이나 생겨서 정서적으로도 좋은 환경이 되리라 생각하였다.

우리 내외가 자주는 못가 보고 한 번씩 다니러 가면서, 외손녀가 갓난 이 외사촌 동생들에 대하여 어떤 감정을 가지는가를 관심을 가지고 보게 되었다. 기대했던 것보다는 좀 무심한 듯해 보여서 내가 "유정아, 애기 예쁘지" 하면 지나가는 말투로 "예, 예뻐요"라고 대답은 하는데 내 생각에 어째 좀 대답이 시원찮다는 생각이 들었다. 그 뒤 아내로부터 들은 말이다. 내 딸이 저의 어미인 아내를 보고 어른들이 모두 애기만을 좋아하니까 이 딸아이가 샘을 내는 것 같아 보인다면서 걱정스러워 하더라는 말을 들었다. 지금까지는 어른들의 관심을 독차지해 오다시피 하다가 그 관심이 이제 새 애기들에게로 가고 정작 자신은 소외되는 기분이 들었었구나 하는 생각을 하게 하였다.

2란성 쌍생아여서인지 생김새가 서로 닮지 않았고, 성격도 완연히 다르다 했다. 먼저 난 딸애는 주변의 사물에 관심이 많은 것 같고 비교적 조용한 편인데 비하여, 뒤에 난 남자애는 사람을 잘 따르면서 치근대고, 하는 짓도 활발하다 했다. 걷기 시작하면서부터는 집안의 집기류들이 제대로 있는 것이 없을 지경으로 말이 아니게 되고 여기서 문제가 생기는 모양 같았다.

외손녀가 공부를 한다고 펼쳐 놓은 노트고 필통이고 건더나는 것이 없다 한다. 특히 이 남자애가 뒤뚱거리며 와서 휘저어 버려서 외손녀가 피해서 자리를 옮기면 따라오고, 이 즈음은 방문까지 제 손으로 열고 제 누나를 그렇게 따라 다니면서 못 살게 군다는 하소연을 듣는다 했다.

외손녀 말이 "재가 말귀는 다 알아 들으면서 하지 말라는 말은 영
들지 않는다" 는 주장을 내세운다는 제 어미의 말이다. 제 어미인 내
딸이 "아직 1년 반도 안 되어 말도 못 알아듣는데 무슨 말을 알아듣
는다고 그러느냐" 고 하였더니, "짝짜꿍하라면 손뼉치고 도리도리
하라면 도리도리하고 빠이빠이하고 다 하는데 왜 말을 못 알아들
어!" 그런다는 말로 대꾸라고 한대나.

지금까지 혼자가 되어 저 자신 밖에 모르는 습성이 이 말귀를 못
알아듣는 동생들을 거두어 주기는커녕 혹시라도 지천을 하면 어쩌
겠느냐 은근히 걱정이 된다는 제 어미의 말이다. 어미 입장에서 이
딸애가 크는 과정에서 이러다가 성격이라도 잘못 되지나 않을까 하
는 염려를 하는 것 같다고 했다.

요 근래에 와서 자녀 하나만 낳아서 잘 기르려는 풍조가 일반화
되면서, 부모들의 자녀에 대한 과잉보호가 지나쳐서 자라나는 자녀
들의 인성 교육을 그르치게 하는 원인이 되고 있는 것은 아닌가 생
각된다.

어느 책에서 읽은 "우리 청소년들의 인성이 너무 이기적이며, 남
을 배려하는 이타적 정서가 결여된 가장 큰 요인은 부모가 자녀를
편애만 하였지 가정교육을 위한 스승으로서의 역할을 다하지 못한
데 그 원인이 있다" 고 한 말에 나도 전적으로 동감하는 바다. 사람
의 인성은 성장하는 과정에서 가정교육이 매우 중요하다고 생각한
다. 부모가 스승으로서의 역할도 하여야 한다는 말이다. 좋은 가정
환경에서 자라난 사람의 인성이 결코 잘못 될 수는 없는 법이다.

혼사 때 딸 많은 집의 셋째 딸은 물어 보지도 말고 청혼을 하라는
말이 있다. 이유인즉, 딸이 많으면 자연히 부모의 과잉보호는커녕

관심의 대상도 되지 않는다. 특히나 셋째쯤의 딸아이는 아예 나서 젖 떨어지기가 무섭게 부모는 농사일하러 나가고 위의 언니들의 등에 업혀서 칭얼대다가 어느 사이에 제 스스로의 힘으로 자생을 해나가야 하는 것이 그 시절의 여느집이고 흔히 있는 사정이었다. 그래서 셋째 딸은 자립심이 강하고 또 다음 동생들을 거두어야 하기 때문에 협동심이나 이해심이 남 다르다는 의미에서 그런 말이 있게 된 것이 아닌가 싶다.

그 시절의 우리들은 모두가 다 그런 환경에서 형제간에 협동심과 우애심, 자립심이 본능적으로 형성되면서 성장하여 온 것이다. 지금같이 부모의 과잉보호는 생각도 할 수 없었다. 때가 되어 밥을 먹지 않겠다고 투정을 부리는 요즈음의 아이들한테서는 상상이 안 되는 이야기다. 여럿이서 큰 양푼이 그릇에 담아내 주는 밥그릇에 서로 많이 먹으려고 숟가락으로 밥을 떠먹는 것이 아니고 이건 그냥 입에다가 퍼 넣는 시늉으로 먹어대야만 했던 것이 그 시절 밥 때가 되면 뒤집 없이 있는 사정이었다.

오늘 나는 이런 광경을 상상해 본다. 이 외손녀가 말썽꾸러기인 외사촌 동생을 업고 내가 어릴 때에 자라던 시골 마을 골목길에서 동네의 같은 또래 계집애들하고 콩집게 놀이를 하거나, 머슴애들 땅 따먹기하는 놀이를 구경하고 서 있는 광경을 말이다. 아마 등에 업힌 외사촌 동생 놈은 콧물이 범벅이 된 꼬락서니를 하고 있을 거라고도.

| 내 아버지의 작은 소원 |

　내가 공무원으로 재직할 때의 이야기다. 충무로 발령을 받고 부임한 첫 주말에 부모님이 계시는 고향으로 갔다. 그 사이에 우리 가족은 나의 어릴 때 자라고 생활터전이던 고향이 남강의 댐 공사로 인하여 수몰이 되어 내 근무지인 부산으로 옮겨와 생활하였다.

　원래 시골 생활이 몸에 배인 연로하신 부모님이 도시생활에 적응을 못하고, 고향으로 돌아가기를 원하여서 그곳 호숫가 언덕바지에 텃밭이 딸린 작은 집을 마련하여 드려서 그즈음 부모님은 고향에 계셨다.

　그렇게 하고 몇 해가 안 되어서 아버지께서 노환으로 병석에 계신다는 소식을 듣게 되었다. 내가 이번에 충무로 전근이 되었다는 말씀을 드렸더니, 당신의 소년 시절을 회상하면서 거제도 장승포가 충무에서는 가깝지 않느냐고 물으셨다. 나는 장승포읍은 충무에서 물론 가깝기도 하지만 내가 부임한 근무처의 업무 관할지역내에 속한다고 말씀을 드렸다.

　아버지께서는 어린 시절을 양친이 불화로 별거하였기 때문에 힘드는 소년시절을 보내셨다. 편모슬하에서 고향의 초등학교를 졸업하고, 중부(仲父 ; 내 할아버지 3형제분 중의 중간 분)가 수산업을 하는 거제도 장승포로 가서 그곳에서 2년제의 심상보통학교를 마쳤다. 그리고 몇 년 후 일본으로 건너갔다. 그곳에서 어머니를 만나 우리 3남매를 낳고, 고향에 계시는 편모(내 할머니)까지 모셔다 한 가족이 일본 오사카에서 살았다. 그러다가 8·15해방을 맞아 귀국하여 고향으로 돌아왔다.

　아버지께서는 항상 소년시절 당신의 꿈이 깃들어 있는 장승포에 대한 이야기를 종종 하시는 것을 내가 들었던 기억을 한다. 그런 때에는 그 시절에 같이 놀던 옛 친구들에 대한 이야기도 하셨다. 비가 내리거나 한가한 날이면 이난영의 〈목포의 눈물〉 같은 흘러간 옛 노래를 구성지게 부르시던 기억도 한다. 아버지께서는 그럴 때는 아마 지나간 소년 시절을 회상하면서 울적한 심정에서 었는지도 모르겠다.

　내 손을 꼭 잡으시면서 당신께서 이번에 나아 일어나면 "네가 충무에 있는 동안에 꼭 거제도 장승포를 다녀오고 싶다"고 하셨다. 그리고 옛날 친구들도 만나보고 싶다면서, 그 친구 분들 중에는 특별히 친하게 지낸 분이 지금 그곳에서 해운업을 하여 크게 성공하였다는 소문을 몇 해 전에 들었다고도 하셨다. 나는 아버지의 병환이 무겁다는 생각을 하면서도 나아 일어나시면 꼭 모시고 거제도 장승포를 다녀오시도록 해 드려야겠다는 생각을 하였다. 얼마 후 아버지께서는 그렇게 다녀오고 싶어 하시던 그 곳은 못 가시고 영 돌아오실 수 없는 먼 곳으로 가셨다.

그리고 내가 아버지를 여윈 얼마 후 초봄 어느 날 마침 관내인 거제군 장승포읍으로 공무로 출장을 나가게 되어 내 아버지의 친구 분을 찾아보았다. 마침 새마을 회관에서 그 분의 동갑 분들이 모임을 하고 있는 장소에서 뵈웠다. 키도 내 아버지에 비하여 훨씬 크시고 건강하셨다. 나를 보고 무척 반가워 하시면서 내 옷깃에 꽂혀 있는 상장(喪章)을 보시고는 내 아버지께서 돌아가신 것을 먼저 아시고 처연해 하셨다. 그리고 마침 그 곳에 있던 분들 중에서 몇 분을 내 아버님의 함자를 대시면서 인사를 시키셨다. 모든 그 분들이 오래된 기억을 더듬으면서 내게 한 말씀씩을 하셨다.

그날 내가 그 마을 회관을 나와 능포리 장승포 항이 내려다보이는 고개를 넘어 오면서 아름다운 포구와 먼 바다 위를 날고 있는 흰 갈매기, 그리고 따뜻한 양지쪽에 유달리 많이 핀 빨간 동백꽃이 내 눈을 시리도록 아프게 하였다. 내 아버지께서 그처럼 가보고 싶어 하시던 소년시절의 꿈이 깃든 장승포항이 여긴데 하는 생각을 하면서……

주) : 나는 이 글을 쓰면서 걷잡을 수없이 눈물이 나와서 어쩔 줄을 모를 지경이 되었다. 내가 지금까지 살아오는 동안에 이런 감정에 잠겨 보기는 처음이었다. 내 아버지의 유골을 안고 그 날 장지로 오면서 비록 마음 속으로는 눈물을 흘렸었지만 오늘처럼 이런 감정에서 어떻게 그냥 감당하지를 못할 정도로 눈물을 흘리지는 아니 하였다. 그 작은 소망마저 이루지 못하시고 영원히 돌아올 수 없는 먼 곳으로 가신 그 분의 이야기가 30년의 세월이 지나간 지금에 와서까지 이렇듯 내 가슴을 후비며 파고 들어올 줄을 일찍이 몰랐다. 나는 샘물처럼 솟아나오는 눈물을 그냥 흐르게 내 버려두고 있을 수밖에 없었다. 어쩌면 그 눈물은 내 아버지께서 나의 눈을 빌려서 당신께서 흘리는 눈물이었는지도 모르겠다.

| 반주(飯酒) 한 잔이 |

점심때 반주 한 잔이 끝내 일을 저지르고 말았다.

그들 세 사람은 우리 동창 모임에서는 트리오로 불린다. 친하고 흉허물 없는 그런 친구다. 서로가 하루라도 못 보면 안달이 나서 못 견디나 싶을 정도로 자주 만나는 사이로 알려져 있다. 이제 다 고희(古稀)를 넘긴 연령이다.

M은 체구가 작은 편이다. 셋 중에서 제일 연장일 것이다. 언론계에서 잔뼈가 굵어서인지 매사에 민첩하고 지혜가 많다. 조조(曹操)에 비견될 만한 인물이다.

Y는 금융기관 출신이다. 성실하고 우직하다. 책임감도 있고 궂은 일에도 몸을 사리지 않는 사람이다.

S는 정년퇴직을 한 공무원 출신이다. 재직 중 자신의 한 일에 대하여 긍지를 가진 사람이다. 공직 생활에서 몸에 배어 있는 조직원으로서의 처신이 지금도 분명하다.

이들 세 사람은 우리 동창 모임에서 직전, 전전 회장직을 차례로 맡기도 했다. 모두가 사는 정도도 비슷하다. 지금은 일정하게 하는 일도 없다 보니 자연 어울리는 기회가 잦은 편이다. Y와 S는 체구가 당당하다. 연부역강(年富力強)이다. 거기 비하면 M은 작은 체구에 이제 노인 티가 나는 편이다.

이들은 만나면 술을 마시는 것을 일로 삼는다. 시도 때도 없이 술을 마신다. 이들에게 술을 마실 수 있는 분위기를 만들어 주고, 빌미를 제공해 주는 쪽은 언제나 M의 역할이다. 하다 못하여 오늘 비도 오고 날씨도 그렇다. 출출하다. 지난번 동창회 행사하고 오늘 처음 만나는데 그냥 있을 수 있느냐는 등등으로 어떤 구실을 붙여서라도 술자리가 마련되도록 한다. 불쏘시개가 없어 망정이지 인화물질은 항상 불씨만 있으면 지펴지기 마련이다.

그렇게 하여 Y와 S가 불이 붙었다 싶으면 M은 가만히 빠져 버린다. 너희 실컷 취해 봐라 하고……. 남은 두 사람은 끝장이 나도록 마셔야 직성이 풀린다. 그런 그들이다.

오늘도 점심에 반주로 시작한 술이 소주 한 병 또 한 병 하면서 거나하게 되었던 모양이다. 물론 그 사이 M은 빠져 버렸다. 술이 취한 그들이 서면 지하도로 내려오다가 계단 위에서 순간적으로 어떻게 되었는지를 모른다는 것이다. 물론 Y의 말이다. 두 사람 중에서 하나가 발을 헛디뎌 두 사람이 다 같이 넘어지면서 아래로 굴러 떨어진 모양이다.

Y가 정신이 들어서 보니 아래쪽으로 세 번째 단 층계 바닥에 자신이 누워 있고, 그 한 단 층계 아래인 맨 아래쪽 바닥에 S가 쓰러져 있었다 했다. 한 단 층계가 열일곱, 여덟 계단으로 되어 있으니 그들이 얼마나 뒹굴었는지는 알 수가 없다. 그리고 어떻게 하여 119

차량으로 이곳 B신경외과로 실려 왔는지도 모르겠다는 것이다.

S는 뇌수술을 받고 5일이 지난 지금까지 의식이 돌아오지를 않는다. 내가 병문안을 갔을 때 중환자실에 입원중인 S는 가족의 애타는 목소리를 듣는지 못 듣는지 전연 반응을 보이지 않았다. 그 앞에 M과 Y는 숨을 죽이고 서 있다. 마치 초등학생이 나쁜 짓을 저지르고 교장실에 불려와 꾸중을 듣는 것같아 보였다. 그날 우리는 S가 입원해 있는 병원을 다녀 나오면서 M은 약속이 있다 하여 먼저 헤어지고, 내가 Y와 점심을 같이 하였다. Y가 이런 말을 하였다.

"지금까지 살아오면서 무슨 일이 생길 때마다 늘 내가 책임을 느껴야 하는 입장이 된다." 했다. Y의 말이 옳다. Y의 성격상으로 어떤 사정에서든지 그 일은 나는 모르는 일이다. 내가 간여할 일이 아니다. 말하자면 오불간언(吾不干言)의 입장이 될 수 없었을 것이다. 이번의 일로 Y가 여간 마음고생을 많이 하는 것이 아니구나 싶었다.

나는 어떻게 해야만 Y를 위로할 수 있을까 생각해 보았다. "오늘 S가 저런 사정이 된 것도 S의 운명이다. 너라고 그 순간에 S처럼 안 되라는 법이 있었겠나. 다 운명이라고 생각하자 마음을 편하게 가져라"라고. 내가 요즈음 들어서 부쩍 매사를 운명론적으로 생각하는 것 아닌가 하는 생각이 든다. 이것도 다 나이 탓이려니 싶다. 나는 축 늘어져 있는 Y의 어깨를 가만히 다독거리며 마음을 편하게 가지라고 위로를 했다.

우리 다 같이 S가 빨리 의식이 돌아오도록 빌자. S는 반드시 의식이 돌아온다. 우리 모두의 염원을 S는 알고 있다고 믿는다. 나는 식당을 나와서 힘없이 걸어가는 Y의 뒷모습을 한참동안을 서서 바라보았다. 운명의 여신이 S에게 그리고 우리 모두에게 미소를 보내주실 것이라고 믿으면서 간절히 S를 위하여 기원을 하였다.

| 기러기 가족 |

몇 해 전에 여름휴가로 지리산 청학동 계곡을 찾은 일이 있다. 계곡 인근에는 마땅한 숙소가 없어서 차를 되돌려 내려오다가 중간 지점에서 '오케이 빌리지' 라는 안내판을 보고 찾아 들어갔다.

지리산에서 흐르는 계곡물가에 외따로 자리를 잡은 규모가 작은 숙박시설이었다. 마침 방이 하나 있다 하여 묵게 되었다. 뒤에 알게 되었는데 그날 우리가 운이 좋아 방을 수월하게 얻을 수 있었던 것이다. 미리 예약을 하지 않고는 휴가철에는 방을 얻기가 여간 어렵지 않다고 했다. 한 번 다녀간 사람은 꼭 그 다음해도 자기 집을 찾아온다는 주인의 말이었다. 시설의 규모가 작다 보니 방을 구하기가 어려운 것은 어쩔 수 없는 사정 같았다.

계곡물을 보(堡)를 막아서 우리가 든 이 집 앞에는 작은 호수가 되어 있었다. 그리고 그 맑은 물에는 물오리 등 몇 종류의 물새 가족들이 한가롭게 떠 있었다. 흰 거위와 기러기, 오리 등이 어울려 섞여 있는 것같아 보였다.

사십대 중후반의 대하기가 편한 털보 남자 주인과 예쁘게 생긴 조금 나이 차이가 있어 보이는 충청도 말씨의 안주인 부부가 종업원 없이 손수 경영하는 숙박시설이었다. 우리처럼 취사준비를 해오지 아니 한 처지에서는 마침 식사까지 된다 하여 다행스러웠다.

객실 한 편에는 주방과 연결시켜서 찻집을 병용하도록 설계가 된 제법 넓은 식당 홀이 있었다. 홀 안에서 밖의 계곡을 내다볼 수 있었다. 깔끔하게 차려져 나온 저녁식사를 하면서 우리 부부는 숙소를 잘 정했다는 생각을 하였다.

밤 깊은 계곡에서의 물소리와, 물가에 세워져 있는 외등에 날파리 등 하루살이 벌레들이 까맣게 날아 엉켜 붙는 것도 일찍이 못 보던 여기에서만 볼 수 있는 여름밤의 정경이었다.

우리는 클래식 음악을 들으면서 저녁식사를 맛있게 하고 밖으로 나와서 시원한 계곡의 바람을 쐬었다. 냇물 가운데 바위에 낮에 보았던 물오리 등이 제각기의 습성대로 거위는 서서 자고, 다른 종류의 새들은 엎드려서 잠들어 있는 것 같았다.

그 집에서 3일간의 여름휴가를 잘 보내고 돌아왔다. 그 이후 그 '오케이 빌리지' 와는 인연이 되어, 다음해도 그 다음해도 찾게 되었다. 그 다음해 봄쯤으로 기억되는 어느 날, 내가 마침 주말에 문득 마음이 내켜서 '오케이 빌리지' 를 찾았다. 폭우로 지리산 계곡에서 야영객들이 수난을 당한 그 이듬해 봄이었다.

지난해의 폭우로 보(洑)의 일부가 떠내려가고 한 쪽으로만 계곡물이 고여 있을 정도였다. 그보다 그 맑은 물에 한가롭게 떠서 놀던 물오리 등의 숫자가 얼마 안 되어 보였다. 주인 남자의 말이 지난해 폭우로 갑자기 불은 계곡물에 거위와 오리가 그 아래 하동호까지 떠내려갔다가 오리는 2킬로가 넘는 물길을 거슬러 올라왔으나, 거위 2마리는 지금 하동호 호수에 그대로 자리를 잡고, 안 올라오고 떠다니고 있다고 했다.

주인의 말을 들으면서 물새 가족을 자세히 보니 기러기 수컷은 그 전에 내가 보았던 그 놈인 것 같은데 암컷은 볼품없이 아주 작아 보였다. 주인 말이 지난 여름 폭우로 계곡물이 불었을 때, 기러기 암놈도 안 보여서 떠내려 간 줄로만 알았는데, 물이 다 빠지고 살펴 보니 냇가에 쌓은 둑의 돌 틈에서 기러기가 죽어 있더라 했다. 새끼를 깔려고 알을 품고 있다가, 물이 갑자기 불어오자 알을 품은 채 그대로 죽은 것 같다고 했다.

그리고 얼마 전에 야생 기러기 암놈 한 마리가 무리와 떨어져서 다니다가 저네들 식구가 되었다는 것이다.

나는 야생 기러기가 집 기러기를 따라 생활한다는 것이 예삿일이 아니라고 여겨졌다. 그보다 새끼를 깔려고 알을 품은 채 불어나는 계곡물에서 나오지 않고 그대로 빠져 죽은 그 암기러기 이야기를 듣고, 비록 조금류(鳥禽類)까지도 본능적인 모성애가 그렇게 무섭구나 하는 생각을 하면서 가슴이 찡하여 왔다.

돌아오는 길에 하동호 넓은 호수에 동화 속의 백조처럼 떠 있는 돌아오지 않는 흰 거위 한 쌍을 볼 수 있었다.

| 고흥반도를 다녀오면서 |

어느 해 정초의 이야기다. 눈발이 예사롭지가 않았다. 송광사 앞 식당에서 아침밥을 먹고 지리산 방면으로 갈려고 야트막한 고개를 넘으려 하는데 차 윈도어에 부딪쳐 오는 눈발이 점점 굵은 솜 덩어리로 변하면서 시야를 가린다.

지금 이런 날씨에 지리산 방향으로 가는 것은 무리라는 생각이 들었다. 연초 휴가 길이어서 군이 지리산으로 꼭 가야만 할 사정도 아니었다. 차를 돌려서 고흥반도를 보고 남쪽으로 가기로 계획을 바꾸었다, 고흥반도에는 파란 바다와 활짝 갠 하늘과 따뜻한 남국이 우리를 기다려 줄 것이라고 기대하면서 방향을 바꾸어 차를 달렸다.

고흥반도에는 몇해 전 내가 통영에서 근무를 할 때, 어느 주말 혼자서 다녀온 일이 있다. 굴 가공 공장을 하고 있다는 군대생활을 같이 한 친구로부터 한 번 다녀가라는 말을 들어두었다가 어느 주말

문득 생각이 나서 나섰던 것이다.

　고흥반도는 여류 서양화가 천경자의 고향으로 알고 있다. 그녀가 쓴 지금은 책이름도 기억이 안 나는 수필집에서 봄의 고흥반도는 그렇게 아름다울 수 없는 남국으로 생각되었다. 그 친구가 일러 준 대로 고흥반도 남단 녹동 어딘가를 찾아갔었다. 그런데 공교롭게도 그날 그 친구가 굴 가공제품을 싣고 서울방면으로 출장을 가고 없어서 허행을 하게 되었다. 이럴 줄 알았으면 미리 전화라도 해 놓고 올 걸 하는 후회가 되었지만, 어쩔 수도 없는 일이었다. 평소에 준비성 없이 한 번씩 엉뚱한 짓을 하는 나를 탓한들 어쩌겠는가. 나는 아직 채 봄이 오지 아니 한 선창가 어느 비린내 나는 식당에서 혼자서 점심을 먹고 돌아왔다. 서양화가의 고운 물감과 섬세한 붓끝으로 그린 아름다운 그녀의 고향의 봄을 나는 그날 느끼지를 못하고 허행을 한 셈이다.

　우리는 남쪽으로 트인 길을 따라서 이정표를 보아가면서 차를 몰았다. 일행 네 사람은 이런 여행길에는 각자의 분담된 소임이 있다. 한 친구는 운전을, 조수석에 앉은 친구는 여행 중 잡다한 심부름을, 그리고 뒷좌석의 상석은 내가 앉는다. 내 임무는 여행 기획담당이다. 내 옆 안 뒷좌석의 친구는 식사 담당자다. 다른 세 사람의 임무보다 내가 여행 기획을 하면서 잘못이 있으면 그에 따른 경비 보충 부담을 해야 한다. 대우와 부담이 동시에 지워진 우리들대로의 공평한 여행비 분담의 불문율 약정이다.

　그런데 예상하지 않은 상황이 되고 있었다. 남쪽으로 향하면 거기에는 파란 바다와 활짝 갠 하늘과 따뜻한 봄이 기다리고 있는 것이 아니라 눈의 천지 속으로 차를 계속하여 몰아야 했다. 우리는 달리는 차 앞 유리창을 덮쳐오는 눈덩이를 어떻게 처리할 재간이 없을 지경이 되었다. 더 이상 계속하여 운행을 할 사정이 못되었다.

할 수없이 고흥읍 입구까지 가까스로 와서 어느 찻집 앞에 차를 세우고 안으로 들어갔다. 마침 찻집 안은 드럼통을 잘라서 만든 난로에 통나무 토막이 이글거리며 타고 있었다. 차를 시켜 먹으면서, 눈 내리는 시골 찻집에서의 차 맛이 찻집 아가씨와 지나가는 농담이 곁들어 져서 한 맛이 더 있었다. 마침 우리뿐인 찻집에서 한식경쯤 지나고 조수석의 친구가 밖에 나가 보더니 비명을 지르는 것이 아닌가! 놀라서 모두 문을 열고 내다보니 아 그 사이에 눈이 얼마나 왔는지 우리가 타고 온 차량이 눈을 뒤집어쓰고 있는데 글쎄 국화꽃으로 장식을 한 장의차 모양을 하고 있었다. 10센티미터 이상은 족히 쌓인 것 같았다.

그 날 파란 바다고 활짝 갠 하늘이고 봄소식이고 다 어디로 가고 시골 여인숙 방에서 취사담당이 해 주는 식사에 소주를 곁들여서 좋은 여행을 한 셈이 되었다. 그러나 날씨 탓은 어디로 가고 여행 기획을 잘못 세웠다는 중의(衆意)에 의하여 여관비 부담이 나한테 돌아왔다.

결국 나는 두 번이나 고흥반도 여행에서 별 재미를 못 보는 결과가 되고 말았다. 그래도 고흥반도의 봄은 고향을 찬양하는 여류 서양화가가 고운 물감과 섬세한 붓끝으로 그린 그림처럼 아름다운 남국의 정취를 흠뻑 느끼게 할 것이라는 기대를 하고 있다. 언제든지 다시 꼭 한 번 더 고흥반도로 봄맞이를 가 볼 생각을 지금도 하고 있다.

| 산 벗꽃이 필 무렵 |

　새벽 운동을 하고 돌아오는 길에 가로수의 벗꽃나무 가지에서 꽃망울이 피기 시작하는 것을 보았다. 이렇게 피기 시작하는 벗꽃은 며칠 사이에 활짝 만개를 하게 될 것이다. 벗꽃은 원래 그렇게 피기 시작하면 금방 피어 버리는 속성을 지닌 꽃이니까.

　벗꽃 가로수 길을 걸어오면서 나는 문득 이 길의 가로수들이 안쓰럽다는 생각을 하였다. 나무 둥치들이 어느 것 하나 성한 데 없이 찢기고 상처투성인 데다가 아스팔트나 보도블록으로 포장이 된 길에 겨우 둥치가 앉은 몇 뼘의 땅 흙이 있는 데에다가 숨구멍이기라도 하듯 코를 대고 할딱거리는 것 같았다. 흡사 횟집의 어항 속의 물고기들이 산소구멍에 코를 대고 있듯이 말이다. 아마도 그 뿌리들은 도시의 시궁창에서 흘러 나오는 오폐수를 간신히 빨아먹으면서 겨우 연명을 하고 있는지도 모른다. 이 상쾌한 아침에 나는 가로수들에게 연민의 시선을 보내야 했다.

지난 해 봄 어느 토요일이다. 산 벚꽃이 피고 있을 즈음 혼자서 가까운 승학산 산행을 나섰다. 가끔 오르는 산행코스다. D대학교 정문에서 늘 가는 대로의 산길을 오르기 시작하였다. 정상까지 약 1시간이 소요되는 거리다. 나는 평소에 이 코스는 출발부터 체력을 적당히 조절을 하면서 계속 쉬지 않고 정상까지를 오른다.

내가 산행 초입에 들어설 때 저만치 앞서서 한 사람이 올라가고 있었다. 젊은 여자다. 정상 높이가 500미터가 채 못되는 산이다. 그래도 출발지점이 낙동강 하구의 바다 수면과 별로 높이 차이가 없어서 에누리가 없는 좀 오를 것이 있는 산행이다. 두어 군데 가파른 데가 있어서 대개는 쉬어가면서 오르는 산행을 한다. 그렇다 보니 적당한 속도와 보폭으로 계속 걷고 있는 나와 앞서가는 그 여인은 앞서거니 뒤서거니 하면서 정상까지 거의 같은 시간대에 도달하게 되었다.

내가 정상을 출발하여 갈대밭길을 지나고, 다시 오솔길로 꺾어들면서 보니 그녀도 좀 떨어져서 나를 따라 걷는 것 같았다. 나는 기상대를 보고 다시 산을 채어 올랐다. 그녀도 계속 일정한 거리를 두고 뒤따라 올라오고 있었다. 내가 기상대를 돌아서 대티고개 방면으로 내려서면서 활짝 핀 산 벚꽃나무 아래에 점심도시락을 먹을 생각으로 자리를 잡았다. 감천만과 낙동강 하구가 한눈에 시원하게 들어왔다.

"혼자인가 봐요. 여기서 점심 하시죠."

내가 처음으로 말을 걸었고 그녀도 좀 떨어져서 앉는다.

"산 벚꽃의 향기가 참 좋군요."

"네─."

그날 우리들의 대화는 이것이 전부였다.

산 벚꽃은 30대 후반의 건강한 여성미를 생각하게 한다. 활짝 만개한 벚꽃에서는 풍만한 여인의 냄새가 풍겨오는 것 같다. 나는 깨끗한 산속의 맑은 공기를 마시고 활짝 꽃을 피운 산 벚꽃나무를 바라보면서 꽃나무에게도 행복한 나무와 가로수 벚꽃나무처럼 그렇지 못한 나무가 있겠구나 하는 생각을 하였다. 우리가 앉은 그 벚꽃나무는 지금 한창 꽃이 만개하여 벌들이 윙윙거리고 벚꽃의 향기가 진동하는 것 같았다.

원래 벚꽃의 원산지는 우리나라라고 한다. 그런데도 벚꽃이라 하면 먼저 바다 건너 이웃 나라 일본을 생각하게 된다. 나는 벚꽃무늬의 화려한 화복(기모노)을 입고 띠(오비)를 맨 단정한 모습의 꿇어앉은 일본 여인을 떠올리게 된다. 그 여인의 머리는 핀을 찔러서 위로 감아 올렸을 것이고, 그 목은 희고 갸름하고 투명할 것이다. 이런 상상을 하게 되는 것도 우리 문화가 오랜 역사를 통하여 일본과 밀접하게 교류해 왔었다는 의미를 담고 있기 때문이 아닐까.

나는 눈 속에 피는 매화꽃을 참 좋아한다. 매화꽃은 너무 차고 정갈하여 가까이 하기에는 마음이 시린 꽃이다. 뜨락에 핀 백목련은 구중 내실의 여인이다. 이조(李朝) 백자(白磁)다. 그 깨끗하고 단아한 자태가 내 마음을 끈다.

이른 봄 피는 노란 산수유 꽃도 좋아한다. 산수유 꽃은 질박(質朴)하다. 산수유 꽃에서는 낯선 사람을 피하여 초가집 두엄더미 뒤로 숨어 버리는 갑사댕기의 소녀를 생각하게 한다. 그 소녀는 이제 빨간 꽃망울이 터지려 하고 있을 것이다. 같은 노랑 색깔의 개나리꽃에서는 유치원 가방을 멘 병아리 같은 아이떼들의 고 예쁜 주둥이들이 보인다. 그 재잘거리는 소리들이 들린다. 나는 이런 봄에 피는 꽃들을 모두 좋아한다.

그래도 역시 봄은 만개한 벚꽃을 보면서다. 벚꽃이 필 즈음이 되어야 비로소 대지는 따뜻해지고 마음도 완연한 봄을 맞은 기분이 된다. 곳곳에서 벚꽃 축제가 열린다. 진해 군항제의 벚꽃놀이, 하동의 쌍계사 십리 벚꽃 길, 경주의 보문단지의 벚꽃축제 등은 우리가 익히 알고 있는 남쪽 지방의 벚꽃 잔치의 한마당이다. 그래도 뭐니뭐니해도 벚꽃은 북상하는 봄기운 따라 창경원의 밤 벚꽃놀이에서 절정을 이룰 것이다.

그러나 벚꽃은 역시 산에 자생한 벚나무에 핀 벚꽃에서 느끼게 되는 깨끗하고 화려한 그 아름다움이 으뜸이다. 나는 두 팔을 벌려서 벚꽃의 진한 향기를 맡으며 크게 심호흡을 하고, 빈 도시락을 배낭에 주워 담아 자리를 털고 일어났다. 그녀도 일어서 뒤따랐다. 내가 한참을 내려오다가 뒤따라오는 인기척이 없어서 돌아보니 그녀는 보이지 않았다. 아마 오다가 갈림 산길에서 다른 길로 내려간 모양이라고 생각되었다.

나는 이미 개나리꽃이 지고 연두색 예쁜 잎들이 나오고 있는 산 아래 유치원 울타리를 돌아서 산복도로를 건너고, 집들의 비탈진 골목길을 지나서 대티 지하철역을 보고 걸어 내려왔다.

| 지리산 봄나들이 |

일행이 지리산 북단의 함양군 휴천에 있는 가든에 도착한 것은 늦은 오후시간이었다. 미리 예약을 해 두어서 가든에서는 통돼지 구이가 먹음직스럽게 숯불에 기름이 빠지면서 익어가는 중이고, 우리 일행이 도착하는 것을 기다려 곧 저녁 준비가 되어 나왔다. 산채 반찬에 저녁 식탁이 도시의 음식점에서 일찍이 못 받아 본 밥상이다.

응달진 데는 아직 잔설(殘雪)이 주변에 그대로 있어서 봄을 느끼기에는 이르다는 생각을 하게 하였다. 바람도 차가웠다. 소주 몇 잔에 통돼지 바비큐의 맛이 산촌의 저녁 풍경과 어우러져서 한결 분위기를 돋우어 주는 저녁 식사였다. 거기다가 유리창 너머로 열엿새 만월이 산야를 비추어 주니, 여기를 두고 어디에 또 무릉도원이 따로 있으랴 싶었다.

이 가든은 원래 서울에 있는 Y대학의 동·하계 학생 수련장에 따른 시설인데, 비수기에는 일반에게 임대가 되고 있다는 것을 알고, 오늘 우리 직장가족 일행이 예약을 하게 된 것이다. 잠자리 방에 들어가 보니, 방안이 넓은 데다가 따뜻하게 미리 보일러가 넣어져 있어서, 일행 20여명이 남녀 구분 없이 같은 방을 한 쪽씩 벽에 붙여서 잠자리를 잡았는데도 서로 불편하지를 않았다.

다음날 이른 아침밥을 마치고, 남원을 거쳐서 구례방면을 향하였다. 일정 관계로 지리산 온천을 들르지 못하는 것이 아쉽기는 했지만, 이번의 여행은 지리산 봄맞이 나들이가 목적이므로 섬진강을 따라서 매화축제가 열리게 되는 강 하구쪽으로 곧 바로 가야 했다.

점심을 구례에서 재첩국으로 간단히 마치고, 맑고 푸른 섬진강을 따라서 포장이 된 강변도로를 우리를 태운 소형버스는 잘 달려 주었다. 강 건너편으로는 멀리 지리산이 보이고, 하동에서 화개장터로 연결된 도로에는 차량이 계속 이어져 있었다. 드디어 우리가 탄 버스는 백운산을 바른편으로, 흰 모래톱과 청정한 섬진강을 왼편으로 끼고 달려서 매화꽃 단지인 다압면 섬진마을에 도착하였다.

실은 지난밤 숙박한 휴천에서의 밤 기온이나, 주변에 아직 녹지 않고 그대로 있는 잔설을 보면서, 우리가 너무 이르게 지리산 봄맞이 나들이를 나선 것이 아닌가 하고 마음 속으로 은근히 걱정을 하였다. 그런 우리 일행에게 구례에서 점심을 하고 출발하면서부터는 그 걱정이 말끔히 지워져 버렸다. 이곳은 완연한 봄을 느끼게 하는 따뜻한 봄 날씨로 바뀌어져 있었기 때문이다.

지리산이 전라남북도와 경상남도의 3개 도에 걸쳐서 있고, 그 면적이 넓은 줄은 잘 알고 있지만, 어제 우리가 숙박한 북단과 지금 산을 돌아서 남쪽으로 와서 섬진강 건너편의 광양에서 느끼는 기온은 너무 차이가 있었다. 몇 해 전에 지리산을 종주한 일이 있다. 산행을 하면서 내내 느낀 바는 산의 넉넉함이었다. 근교의 산에서는 볼 수 없는 그 넓고 풍만한 산세가 누구나 지리산에서 받게 되는 인상일 것이다. 그런 지리산이 한 편에는 겨울의 잔설이 그대로 남아 있는 데도 다른 한 편 자락에는 벌써 봄 날씨가 되어 꽃망울을 터뜨리고 있구나 생각하니 새삼 지리산의 그 방대함에 감탄하고 놀라워하지 않을 수 없었다.

다압 섬진마을의 온 산비탈은 끝이 안 보이는 매화나무 밭뿐이었다. 그 나무마다 매화꽃봉오리가 이제 터지기 시작하고 있었다. 어느 꽃나무보다 추위를 이겨내고 먼저 꽃망울을 터뜨리는 그 기상을 오늘 장관인 매화꽃 천지를 보면서 새삼 느끼게 하였다.

이제 며칠 지나면 매화축제가 열린다고 한다. 아마 그 축제기간에는 이곳은 많은 사람들로 붐빌 것이다. 행여 그 축제가 매실을 소재로 만든 각종 상품의 약삭빠른 장사의 한마당 행사가 되고 매화꽃은 다만 들러리로 전락하게 되지나 않을지 하는 공연한 걱정을 해 본다.

옛 선비들이 매화꽃을 완상하며, 시를 쓰고 묵화를 치던 그 시절의 고고한 아취는 지금 어디에서도 찾아볼 수가 없다. 흰 도포자락을 휘저으며 산야를 누비면서 즐겼을 상춘의 멋도 이제는 영 돌아올 수 없는 옛 이야기가 되어 버렸나 싶다. 오늘 매화꽃 밭을 바라보는 나에게 그 옛날의 아쉬움이 새삼 가슴에 와 닿는구나. 이 심사를 어찌 할고 !

나는 섬진강 강가에 서서 재첩잡이 어선이 평화롭게 떠있는 하구(河口)와 멀리 장엄한 지리산을 바라보면서 봄맞이 나들이의 하루의 일정이 짧고 아쉽기만 하다는 생각이 들었다. 돌아갈 차비나 서둘러야 하겠다.

삶의 흠집 새롭게 보기,
그 창의적 발상의 구체화
― 성종화의 《늦깎이가 주운 이삭들》의 경우

한 상 렬

(문학평론가. 수필가. 한국문협 · 국제펜클럽한국본부 이사, 문예지 『수필시대』 주간)

1. 들어가는 말

183

의젓하고 당당하다. 한 쪽 다리가 없거나 밑 빠진 의자들과 문짝 떨어진 가구들이 새 생명을 얻고 부활한다. 형광 빛 플라스틱으로 만든 버팀 다리와 인공시트, 탄력 있는 끈 등 기발한 디자인 소품으로 부상당한 곳을 '수술' 받은 덕분이다. 소마미술관에서 열리는 '프랑스 디자인의 오늘' 전(展)에서 만난 '소생' 프로젝트 다. 뱅상 바랑제, 장 세비스티앙 불랑 등 젊은 디자이너들은 낡고 부서진 가구를 치유하는 '의사'를 자처한다. 이들은 단순히 새것을 만드는 게 아니라, 손때 묻은 물건을 창작 대상으로 삼아 제자리를 되찾게 한다. 사물이든 인생이든 흠집 난 부분을 새로운 시선으로 바라보게 한다. 흠집은 우리의 일부이며 이를 거부하는 것은 삶 자체를 거부하는 것이다.

키치(kitsch)가 아니다. 수필문학은 일상적이다. 화자를 중심으로 바라보는 시선의 고정 관념, 그래서 수필을 신변 중심으로 매도하지만, 문제는 그 시선에 있게 마련이다. 동일한 사물이라도 이를 작가가 어떤 시선으로 바라보느냐가 문학화의 관건이 된다. 그런데 지금 대개의 수필은 고정관념에서 시선을 떼지 못하고 있다. 대중화에 편승한 이른바 키치에 경도된 때문이다. 하지만 수필문학은 언어미학이라는 절대의 목표를 안전(眼前)에 두고 출발해야 한다. 순수에 대한 겨냥일 것이다. 그렇기에 고정관념을 뒤흔들고 사물에 대한 새로운 해석을 내리는 길만이 수필의 진로가 될 것이다. 프랑스디자인에서 보여준 창의력이 녹아든 작품들을 눈에 넣으면서 우리는 유연한 사고의 에너지를 수혈 받는다.

나이를 먹으면 먹을수록 이런 유연한 사고는 필요하다. 사고의 틀이 좁아지는 나이의 이들에게는 창의적 사고가 더욱 절실하다. 미술에 대한 지식으로 무장하지 않더라도 즐겁게 보는 생각의 지평까지 넓힐 수 있는 다양한 작가의 창의적 발상은 독자를 기쁘게 한다. 딱딱하게 굳어진 듯한 고희의 작가, 늦깎이로 출발한 그에게 있어 삶의 흠집은 차라리 당연한 일이다. 하여 성종화의 수필집《늦깎이가 주운 이삭들》은 우리 자신을 되돌아보게 하는 마력 같은 힘을 지니고 있다. 여기 삶의 흠집은 뒤늦은 출발에서 오는 자아성찰이자, 자기 관조의 단초일 것이다.

성종화의 수필집은 우리로 하여금 새롭게 생각하고 행동하는 세상에 대한 열린 마음과 삶을 바라보는 고유한 시각을 느끼게 한다. 그저 남들처럼 생각하는 대로, 행동하는 대로 허겁지겁 쫓아가는 삶에 참신한 영감이 깃들어 있다. 그렇기에 그의 창의적 도전은 평범한 우리들에게 "나를 나답게 하는 것은 과연 무엇일까"라는 질문을 던져주고 있다.

2. 삶의 흠집 새롭게 보기, 그 함의(含意)

"누구에게나 그 살아온 지난날의 흔적은 남아 있는 법이다. 많은 사람들은 그 흔적을 혼자 가슴에 담고 조용히 살다가 가는가 하면, 글로 표현하고 책으로 엮어서 남기는 일까지 하려는 사람도 있다." (저자의 '머리글'에서)

그렇다. 여기 흔적은 바로 삶의 흠집일 것이다. 비록 뒤늦은 문학에의 출발을 감행하였을지라도 그는 삶의 흔적을 남기고자 하는 소박하고 진솔한 마음에서 글쓰기를 시작한다. 하기야 글쓰기가 그에게 있어 업(業)은 아닐 것이다. 그저 자신의 삶을 돌아보며 보다 가치 있는 삶을 살기 위한 소박한 마음의 행로, 그게 성종화의 수필정신일 것이다. 문학적 성과를 이루겠다는 그런 거창한 구호가 아니다. 작가 정신에 충일한 거대담론의 출발도 아니다. 그저 여항(閭巷)의 평범한 소시민으로 '자기를 성찰하고 관조하기 위함'이라는 데에서 그의 수필의 단서를 찾게 한다. 지극히 평범하지만 오히려 비범한 화자의 노고를 이런 언술에서 간파하게 된다. 한 마디로 '삶의 흠집' 찾기, 흔적 찾기이다. 보르헤스나 푸코의 '미로 찾기'와 같은 비밀스레 숨겨진 보물찾기라고나 할까. 일상에 숨은 그림을 찾듯 그의 수필은 자신의 삶을 되돌아보며 삶의 궤적(軌跡)인 흠집에서 인연의 매듭을 찾는 여정(旅程)에 오르고 있다.

그의 작품을 감상하노라면, 고희에 이른 작가에게서 보이는 삶의 관조와 성찰이 어느 작품을 보아도 잔잔히 묻어있음을 감지하게 한다. 검찰청 근무와 법무사, 형사조정위원, 이런 작가의 이력은 일단

독자를 긴장하게 한다. 본격작가와는 거리를 둔 때문인가. 하지만 그의 열린 시선이 이런 긴장을 풀어준다. 아마도 그의 수필의 묘미는 여기서 찾아야 할 것이다. 남다른 세상의 체험이 문학의 소재로 탁월할 수 있기 때문이다. 하지만 그의 수필세계로 진입하면 이런 우려는 무모하다.

그의 수필적 소재는 자신에게서 가정, 사회로까지 무한대로 펼쳐진다. 그렇기에 그는 인연의 흔적을 찾아 시선을 고정시키지 아니한다. 그가 목도하는 모든 사물과의 인연은 흠집이 되어 사고의 빌미가 된다. 제1부는 주로 자아성찰의 소재, 제2부는 사회적 관심사, 제3부는 여인에 대한 단상, 제4부는 따뜻한 이야기로, 총 47편의 작품이 포진해 있다.

이는 작가의 시선이 착목하는 그 광범위한 영역과 공간지리를 감지하게 한다. 호사가들은 이를 '신변' 이라는 용어로 매도할 수도 있으나, 어차피 수필은 그 태생이 일상에서 기인할 수밖에 없지 않은가. 문제는 그가 취택하는 소재를 바라보는 작가의 시선에 있기 마련이다. 동일한 사물이라도 이를 어떤 시선으로 바라보느냐 하는 것이 관건일 것이다. 대상에 대한 낯설게 하기는 그래서 주효(奏效)하다. 삶의 흠집을 새롭게 보는 작가의 시선, 거기에 창의적 발상이 어우러진다면 필경 문학화라는 빛을 발하게 마련이다.

3. 인연과 흠집 남기기

삶이란 인연에 의한 흠집이다. 살다 보면 삶의 굴곡이나 애환 하나쯤 가슴에 품어 안을 일이다. 그래서 우리들 추억의 책갈피에는 퇴색한 그림 속에 드러나는 얼굴들을 새롭게 보기 마련이다. 수필문학은 그런 삶의 애환을 직조하여 새롭게 보여줄 때 비로소 의미를 갖게 된다. 괴테가 "위대한 작품은 우리를 가르치지 않고 우리를 변화시킬 뿐"이라 했듯, 화자의 수필은 평범한 이야기의 축을 통해 독자를 변화시키려는 의도를 간파하게 한다. 그렇다고 의도적이지만도 않다. 삶의 장면을 그저 보여줌으로써 독자로 하여금 자각하게 하는 마법과도 같은 기술, 아마도 그에게는 그런 비법이 숨겨져 있는지도 모른다. 헤겔이 그의 《법철학》에서 밝혔듯, 그는 이미 고희를 넘긴 "메네르바의 올빼미는 황혼이 깃들 무렵에야 비로소 날기 시작한다."는 언명을 터득한 지 오래이지 싶다. 일상에 숨은 그림을 찾듯 그의 수필은 철학적 지혜의 현실적 지체성(遲滯性)을 찾게 한다.

"우리가 일상으로 말하는 인연은 좋은 의미의 인연을 의미한다."(수필 〈인연과 흔적〉에서)고 했다. 하지만 인생사가 어찌 그러하랴. 좋은 인연의 흠집도 있지만, 악연의 흠집도 있기 마련이다. 그래 "언어의 폭력에 의하여 상대편의 가슴에 멍을 들게 하는 경우를 생각할 수 있다." 부부의 연(緣)이든, 악연의 흔적에 의한 사건 해결의 빌미든, "좋은 인연의 흔적은 다른 사람들에게까지 좋은 인연으로 전이(轉移)되게 하는 촉매제가 된다."고 화자는 말하고 있다. 그래 "좋은 인연은 세상을 밝게 하고, 행복하게 한다."(수필 〈인연과 흔적〉에서)는 주제의식의 당위성을 찾게 한다.

제1부 '살며 생각하며'는 전형적인 자기관조의 성찰이다. 수필 〈심안(心眼)을 열어서〉를 보자. 그의 직업적 안목이 두드러진다. 작가의 시선이 남다르다. 사물을 보는 열린 의식이 이 작품을 미적으로 승화시키고 있다. "범죄 수사 업무에 종사한 일이 있다. 범죄인이 사실을 부인하거나 거짓 진술을 할 때에 나는 그 사람의 눈을 먼

저 보았다. 조사하는 나를 똑 바로 보라고 하면 내 눈과 마주치지 않으려고 대개의 경우 눈을 아래로 내리깔거나 피해 버린다. 나는 그렇게 하는 그 눈에서 그가 떳떳하다면 결코 그렇게 하지 않을 것이라는 생각을 하게 했다."(〈심안을 열어서〉에서)라고 하였다. 작가가 글을 쓸 때는 무엇보다도 자신을 객관화시키게 마련이다.

그러므로 자신을 자기 존재에 그치지 않고 확대하고자 하는 안목을 갖게 한다. 즉 인간이라는 근원적인 문제에 뿌리를 내리고, 좀더 견고하게 자신을 구축하는 작업을 통해 삶에 대한 나름의 가치를 발견하고 진정어린 자기와의 만남을 갖게 된다. 그렇기에 자신과 무관했던 대상에서 그 본질과 대상과의 상관적 의미를 발견하는 데에서 자신의 객관화가 구체화 되게 된다.

이 경우 특히 작가의 개성이 두드러지게 된다. "마음의 눈이 열리지 아니 하면 아집(我執)은 그를 놓아주지를 아니 할 뿐 아니라, 옹색해진 그 자신을 점점 내면으로 조여서, 결국은 그를 인격적으로 질식(窒息)시키는 결과를 가져올 것이다."(〈심안을 열어서〉에서)라는 언술은 이미 그의 시선이 대상의 해석을 통해 의미화의 단계로까지 진입하고 있음을 보게 한다.

그의 열린 시선은 〈남새밭 길에서〉에 더욱 구체화된다. "그러고 보니 나는 여태까지 그 사내가 남새밭에서 서서 일하는 것을 본 적이 없다. 앞을 못 보니까 항상 앉아서 앉은 발걸음으로 위치와 거리를 가늠하면서, 김을 매고 남새를 가꾸는 일을 한 것이었나 싶다.

그 뒤로 나는 그 사내를 예사로 보고 지나칠 수가 없었다."(〈남새밭 길에서〉에서)라고 하였다. 보통의 경우라면 그저 스쳐 지날 예삿일이건만 그의 시선은 이렇게 열려 있다. 사물을 바라보는 혜안이요. 예지다.

이를 윤오영이 말한 수필의 '눈'이라 한다면 어떠할까. 하여 그와의 만남은 인연이요, 작가에게는 삶의 흠집 돌아보기가 된다. 〈가덕도 앞바다〉에서 만난 노부부가 그러하며, 〈대운산 낙엽을 밟으며〉에서 전투의 환상을 그려보는 장면도 매한가지이다. 그래 그에게는 〈가을비를 맞으며〉 열린 마음이 되기도 하고, 〈상장(喪章)을 보면서〉를 보며 인연과 삶의 흠집을 되돌아보게 한다.

4. 사유의 진폭, 그 확대

성종화의 수필은 가히 화제만발(話題滿發)이다. 제1부의 자아 관조와 성찰은 2부에서 사회적인 문제에 대한 관심으로, 3부에서는 여인들에 초점이 맞춰져 있다. 이어 4부에서는 '따뜻한 이야기'로 관심의 진폭은 확대된다. 이른바 칸트가 말한 바 있는 "상상력과 오성의 자유로운 유희"일 것이다. 혹은 헤르만 헷세의 《유리알 유희》에서 보듯 "오선지 대신에 철사줄을 걸어놓고 음표 대신에 갖가지 색깔의 구슬을 꿰어 놓은" 것과 흡사하다. 이를 그저 신변의 잡사라고만 치부한다면, 그건 지나친 비하일 것이다.

"선의의 경쟁은 필요하다. 경쟁 없는 사회는 발전을 기대할 수 없다. 그러나 경쟁은 정당한 방법에 의한 경쟁이어야 한다. 그 정신은 교육에서부터 뿌리내려야 한다. 교육은 그래서 나라의 백년지대계(百年之大計)라 하는 것 아닌가!"(〈경쟁사회〉에서) 오늘의 교육에 대한 비판이다. 화자의 관심이 개인적 사유에서 그 진폭이 확대되어 감을 보여준다. 최근 불거졌던 학력 부풀리기와 관련한 수필 〈학력 시비〉가 그러하며, 기업윤리와 연관된 〈계륵(鷄肋)을 버릴 수 있는 용기〉가 또한 그러하다. 호주제도와 상속배분 문제를 화소(話

素)로 한 〈상속 이야기들〉, 〈호주가 없다〉가 사회적 문제에 비정(批正)의 목소리를 담고 있다면, 〈버려진 보리쌀〉, 〈기대가 지나치면〉역시 공동체의 문제를 도마에 올려놓고 있다.

　성종화의 수필에서 엿보이는 특이한 경향은 작가의 목소리다. 무릇 지적인 수필에서 노출되는 교훈적, 지시적 목소리가 그의 수필에서는 유연하고도 우회적인 목소리로 소박하고 진술하게 표출되고 있다. 작가 특유의 성격적 특성이겠지만. 그저 목소리만을 높이려는 여타의 수필에서 쉽게 노정되는 비정이기보다는 내적 감각에 의해 잘 숙성된 소박한 글맛을 느끼게 한다. 이는 그의 수필 읽기의 기쁨이자, 장점일 것이다. 연착륙의 지혜다. "비행중인 항공기가 불시착을 해야 할 상황에서 연착륙을 시도하지 않고, 만연히 비행을 계속하다가 큰 사고를 내게 되는 상황과 다를 바 없다. 기업의 경영자는 여러 상황에서 그 기업이 회복할 가망이 없다고 판단되면, 그 기업을 가능한 빠른 시간 내에 정리하는 단안을 내려야 한다. 항공기로 말하면 불시착을 위한 연착륙을 시도해야 한다."(〈연착륙(軟着陸)의 지혜〉에서) 그렇다. 지나침은 모자람보다 못하다. 수필문학의 묘미는 이런 유연성에 있다. 목소리만 높인 경우, 오히려 독자는 글을 떠난다.

　세상에는 가장 빛나면서도 가장 약한 것이 둘 있다고 한다. 하나는 여인의 얼굴이요, 다른 하나는 질그릇이라고 한다. 가장 빛나면서도 가장 약한 것, 그건 바로 여인의 얼굴이다. 십자가에 못 박힌 예수를 끌어안고 눈물을 흘리는 피에타의 성모는 사랑의 화신이요, 얼굴 하나로 천하를 주름잡던 여인도 있었다. 우리는 숱한 여인과 만난다. 개중에는 잠시 잠깐 스쳐 지나가는 여인도 있지만, 평생을 함께하는 여인도 있다. 그래 옷깃을 스치는 짧은 만남의 여인이 있는가 하면, 성실한 대화자로서의 여인과의 만남도 있다. 화자가 만난 제3부의 '여인들'은 다양하다. 여인의 얼굴 그리기이다.

"남양산 고속도로에서 멀리 바라보는 오봉산은 영락없이 누워 있는 여인의 나신상(裸身像)이다. 산의 능선이 마치 이마와 오똑한 콧날 아래로 도톰한 입술과 턱으로 보여서, 여인의 머리와 얼굴을 이루고 있다. 그 아래 풍만한 가슴으로 내려오면서 약간 불룩한 부분의 아랫배와 밋밋하게 쭉 뻗은 것이 바로 여인의 하체 형상으로 보인다. 여인의 나신 그대로다."(수필 〈여인의 아름다움〉에서) 사실적 묘사와 상상이 돋보인다. 탁월한 발상에서 출발하여 미적 감각을 동원하여 여인의 아름다움을 서술하고 있다.

하지만 작가의 미적 감각은 외관에 있지 않다. "세상에 그 무엇과도 비교를 할 수 없는 순결과 아름다움의 결정체"로서의 여인의 아름다움을. 그러나 이보다 더한 아름다움이 있다. 영원한 모성, 어머니 그리고 아내다. "어머니는 나의 어머니이기 이전에 한 여인으로서 평생의 한을 가슴에 안고 살다 가신 분이시다. 그 호숫가 집에서 아버지를 여의신 후 다시 두 번째로 내가 어머니를 모시고 와서 노후를 편안하게 지내시도록 하려 했다. 그러나 기다리고나 있었다는 듯이 병마가 어머니를 찾아왔다. 돌아보면 한 생애가 그러면서 다 하여지는가 싶으니 새삼 인생이 서글프기 이를 데 없다는 생각이 들었다. 그렇게 힘들게 사시다가 가신 어머니시다."(〈사모곡〉에서) 돌아보면 모든 게 허망하기 마련이다. 삶의 현장에서 조금만 비껴나도 삶은 흠집투성이기 마련이다. 자아 성찰과 관조는 여기서 출발한다. 수필문학의 자리인 셈이다.

그러나 아무래도 여인의 좌(座)에는 '아내'의 자리가 으뜸이다. 수필 〈마누라 송(頌)〉이 그러하다. '머리가 희끗해진 초로의 여인'

191

화자는 그의 아내를 그렇게 가리키고 있다. 결혼생활의 돌아봄은 화자의 삶의 반추다. 그 역정마다 골이 나고 파헤쳐져 있다. 그러나 숙명으로 자리를 지켜온 아내에 대한 회억(回憶)은 때론 흠집이 있을망정, 자리를 지켜준 데 대한 고마움이 절절하다. "그녀의 기대대로 나는 법무사라는 내가 스스로 택한 이 직업에 긍지를 갖고 열심히 일했다. 법무사 법인을 설립하고, 그 대표를 맡아서 기업 형태로 영업 업무를 확장하였다. 나는 동료 법무사보다 먼저 출근하고, 늦게까지 남아서 일을 한다. 이렇게 하는 것이 그녀의 기대를 저버리지 않기 위하여 내가 할 바라고 생각한다. 뒤돌아보면 오늘까지 법무사인 나를 남편으로 한평생 불평 않고 한결같이 살아 준 마누라가 대견스럽고 고맙다. 예쁠 것도 없고, 크게 내세울 것 없는 평범한 여자다. 그 여자는 오늘도 몇 백 원을 아끼느라고 양손에 시장 본 찬거리를 팔이 늘어지게 들고, 아파트 언덕길을 걸어서 집으로 오고 있으리라."(〈마누라 송〉에서) 하나도 내세울 것 없는 아내, 그러나 화자에게는 세상 누구보다 소중한 생의 반려자이다. 이렇듯 여인의 아름다움은 외관이 아니라 내면에 있다. 이를 바라보는 화자의 삶의 태도는 비록 소박하지만 진지하지 않은가.

수필문학은 삶의 흔적이요, 인간의 이야기이다. 그래 삶의 고비에 선 작가라면 누구나 한 번쯤 자신의 삶을 돌아보기 십상이다. 하기에 수필은 인간학이 된다. 이런 수필에 애정과 진실이 담겨 있다면 더 바랄 게 없다. 성종화 수필의 또 하나의 맥락은 바로 이런 세상사는 이야기에 따뜻함, 온기에 있다. 제4부의 수필이 그렇다. 펼쳐진 수필의 제목들만 열거해 보아도 이를 쉽게 간파할 수 있다.

〈넥타이 유감(有感)〉을 보자. 화자는 유독 넥타이에 관심이 많다. 흰색과 검정색으로 잔잔한 체크무늬가 그려진 상의와 검정색 바지.

여기에 흰 바탕에 들국화 꽃무늬가 그려져 있는 넥타이를 하고 집을 나선다. 그날따라 그다지 관심이 없던 아내가 한 마디 한다. "그 넥타이가 좀…"이라고, 별반 마음에 들지 않는다는 표정이다. "아내의 지적을 받기는 했지만 날씨가 청명하니 내가 입은 콤비의 양복과 넥타이가 잘 어울린다는 생각이 들었다." 그래 화자는 그대로 출근한다.

S구청 민원실에서다. 아내와 달리 여직원은 넥타이에 호기심을 갖는다. "내가 반색을 하면서, 아가씨 보는 눈이 대단하다고 나도 칭찬을 하였다. 그 여직원은 나의 희끗희끗한 머리에 콤비와 넥타이의 국화꽃이 어울려 가을을 느끼게 한다는 것이다. 나는 순간 들뜬 기분이 되었다. 집에 돌아가면 현관에 들어서면서 큰 소리로 이 기분을 꼭 알리고 싶었다. 구청의 민원실이 순간 환하게 느껴지기까지 하였고, 구청 마당으로 나서는데 아까보다도 더 찬란한 햇살이 어깨 위로 쏟아져 내렸다. 그 여직원은 오늘 민원인을 위하여 업무처리만 잘 해 준 것이 아니라, 민원인의 기분까지 전환시켜 주는 훌륭한 서비스를 한 셈이다."(〈넥타이 유감〉에서)

그렇다. 세상을 밝혀주는 것은 크고 화려한 것이 아니다. 미소하지만 소박한 마음이 개인의 마음을 정화시키고, 나아가 사회 공동의 조화와 행복의 메신저가 될 수 있다. 프랙탈과 카오스로 대변되는 현대사회의 혼돈은 온갖 사회 병리현상을 낳는다. 작가는 누구인가. 이런 변화에 손을 흔들어야 한다. 특히 수필문학은 존재의 문학이다. 인간학에 바탕한 존재의 문제를 규명해야 함이 최대의 관건이다. 그러므로 혼돈과 무질서가 판을 치는 세상에서 어떻게 사느냐의 물음에 답하기 위해서는 자기 유사성을 통해 삶의 진실을 보여주어야 할 것이다. 이 점에서 작가의 수필은 그 의미를 찾게 한다. 〈생맥주와 안주〉, 〈희소해져 가는 사촌들〉, 〈내 아버지의 작은 소원〉 등이 같은 맥락에서 주제구현의 동일성을 찾게 한다. 미소한 일상의 파편을 통해 살 만한 세상의 이야기, 따뜻한 이야기는 자칫 얼어붙은 독자의 마음을 녹여주기에 충분할 것이다. 이렇게 성종화의 수필은 그 사유의 진폭을 확대하면서 '인간'에 포커스를 맞추고 있다 하겠다.

5. 나가면서

"그 동안 살아오면서 내가 만난 사람들은 내게 따뜻한 기억을 남겨주고 갔다. 그 사람들은 내게 아픈 기억을 남기지 아니 하였다. 그래서 나는 이 이야기들을 엮어서 책을 만들어 볼 생각을 하게 된 것이다. 이 이야기들이 세상에 나가 읽혀지면서 사람 사람마다의 가슴에 가 닿아질 수 있다면, 다행이 아닐까 하는 공연한 욕심도 가져 본다."(〈머리글〉에서)라고 작가는 머리글에서 피력하고 있다. 이는 작가의 소박한 마음일 것이다. 애써 꾸미거나 치장하지 않고 있는 그대로 자연한 모습을 보여주고자 하는 작가의 겸양의 태도, 이는 수필작가의 가장 바람직한 태도일 것이다.

삶의 현장에서 이삭처럼 주운 그의 편편이 비록 소박하여 보잘것 없이 보일지라도 분칠하지 않은 진술한 화자의 마음은 독자를 감싸 안기에 충분할 것이다. 고희를 넘은 늦깎이의 작가가 그 시간의 늦음에 조급해 하거나 허기져 하지 아니 하고, 자신의 삶 속에서 건져 올린 이삭들을 《늦깎이가 주운 이삭들》로 세상에 빛을 보게 하는 소이(所以)가 여기에 있을 것이다.

이제 성종화의 수필여행의 여정을 접으면서 작가에게 꼭 간과해서는 안 될 점을 주문하고 싶다. 바로 작가 정신이다. 작가란 누구인가? 그들은 결코 인생의 행운아는 아니다. 아무런 의무 없이 살수 있는 권리가 있는 것이 아니다. 그래 작가는 때로 자신의 십자가가 될 괴로운 과업을 수행해야 한다. 그러므로 작가는 자기의 행동이나 감성, 사상 모든 것이 섬세하고 치밀한 소재를 형성하여 그것으로부터 자신의 작품을 창조해 낸다는 사실을 기억해야 한다. 그래 어쩌면 그는 인생에 있어서는 자유로우나 예술에 있어서는 자유를 구가할 수 없다는 점을 아울러 깨달았으면 한다. 그에게 바라건대 기왕 늦게라도 날기를 시작하였다면 이젠 보다 자유로운 비행의 방법에 익숙하였으면 하는 바람이다.

　성종화의 수필집은 우리로 하여금 새롭게 생각하고 행동하는 세상에 대한 열린 마음과 삶을 바라보는 고유한 시각을 느끼게 한다. 그저 남들처럼 생각하는 대로, 행동하는 대로 허겁지겁 쫓아가는 삶에 참신한 영감이 깃들어 있다. 모두(冒頭)의 '소생' 프로젝트를 시도한 뱅상 바랑제와 같이 그는 비록 늦었지만 낡고 부서진 가구를 치유하듯, 자신의 삶 속에서 이삭처럼 주운 낙수(落穗)를 통해 손때 묻은 사물을 창작 대상으로 삼아 제자리를 되찾게 하고 있다. 일상에 대한 새롭게 보기일 것이다. 그리하여 그의 창의적 도전은 물질위주와 현란한 풍요의 시대에 커치를 벗어날 수 있는 길을 독자들에게 제시하고 있다.

　끝으로 한 마디. 성종화의 수필집 《늦깎이가 주운 이삭들》이야말로 삶의 흠집에 대한 새롭게 보기에 있다 하겠다. 창의적 발상이 전편을 이끌어가는 마력을 지니고 독자를 가슴에 안을 것이다. 비록 뒤늦은 출발일지라도 그 목소리의 강렬함이 또 다른 행보를 가늠하게 한다.

작품해설 · 한상렬

성종화 수필집

늦깎이가 주운 이삭들

·

지은이 / 성종화
발행인 / 김재엽
펴낸곳 / **한누리미디어**
디자인 / 지선숙

121-840, 서울시 마포구 서교동 395-13 서원빌딩 2층
전화 / (02)379-4514, 379-4519
Fax / (02)379-4516
E-mail/hannury2003@hanmail.net

·

신고번호 / 제300-2006-61호
등록일 / 1993. 11. 4

·

초판발행일 / 2008년 10월 20일

·

ⓒ 2008 성종화 Printed in KOREA

·

값 10,000원

·

※잘못된 책은 바꿔드립니다.

·

ISBN 978-89-7969-331-7 03810